L. FRANK BAUM
DOROTHY E O MÁGICO DE OZ

L. FRANK BAUM

DOROTHY E O MÁGICO DE OZ

amoler

São Paulo, 2023

Dorothy e o Mágico de Oz
Dorothy and The Wizard in Oz
Copyright © 2023 by Amoler Ltda.

Editor: Luiz Vasconcelos
Gerente editorial: Letícia Teófilo
Assistente editorial: Fernanda Felix
Tradução: Paula Renata Guerra
Preparação: Ana C. Moura
Revisão: Luciene Ribeiro
Diagramação: Gabriela Maciel
Ilustrações e projeto gráfico: Ian Laurindo

Dados Internacionais de Catalogação na Publicação (CIP)
Angélica Ilacqua CRB-8/7057

Baum, L. Frank (Lyman Frank), 1856-1919
Dorothy e o Mágico de Oz / Frank L. Baum ; tradução de Paula Renata Guerra; ilustrações de Ian Laurindo.
 -- Barueri, SP : Novo Século Editora, 2023.
   256 p. : il., color.

ISBN 978-65-5401-003-0
Título original: Dorothy and The Wizard in Oz

1. Literatura infantojuvenil norte-americana I. Título II. Guerra, Paula Renata III. Laurindo, Ian

29-2297   CDD 028.5

Índice para catálogo sistemático:
1. Literatura infantojuvenil norte-americana

Tel: (11) 95960-0153 - Whatsapp
E-mail: faleconosco@amoler.com.br
www.amoler.com.br

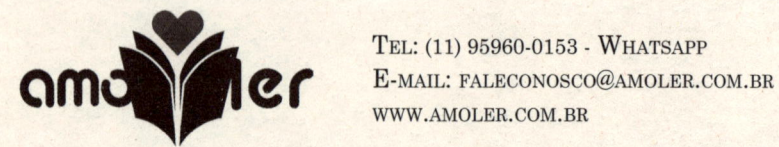

SUMÁRIO

Capítulo 1
O terremoto — 13

Capítulo 2
A Cidade de Vidro — 23

Capítulo 3
A chegada do Mágico — 41

Capítulo 4
O Reino dos Vegetais — 55

Capítulo 5
Dorothy colhe a Princesa — 67

Capítulo 6
Os Mangaboos revelam-se perigosos — 79

Capítulo 7
A caverna escura — 89

Capítulo 8
O Vale das Vozes — 97

Capítulo 9
Lutando contra os ursos invisíveis — 107

Capítulo 10
O Homem de Tranças da Montanha Pirâmide — 121

Capítulo 11
As Gárgulas de Madeira — 131

Capítulo 12
Uma fuga maravilhosa   143

Capítulo 13
A cova dos dragonetes   159

Capítulo 14
Ozma usa o cinto mágico   171

Capítulo 15
Reencontrando velhos amigos   187

Capítulo 16
Jim, o cavalo de charrete   203

Capítulo 17
Os nove leitõezinhos   217

Capítulo 18
O julgamento de Eureka, a gatinha   229

Capítulo 19
O Mágico apresenta outro truque   239

Capítulo 20
Zeb volta para o rancho   251

Um registro fiel de suas aventuras incríveis em um mundo subterrâneo e de como, com a ajuda dos amigos Zeb Hugson, Eureka, a gatinha, e Jim, o cavalo de charrete, eles finalmente conseguiram retornar à maravilhosa Terra de Oz.

Por L. Frank Baum,
"O Historiador Real de Oz".

PREFÁCIO

Aos meus leitores,

É, não tem jeito, não tem jeito mesmo. As crianças não vão me deixar parar de contar as histórias da Terra de Oz. Eu conheço muitas outras, e espero contá-las em algum momento; mas, por enquanto, meus queridos "tiranos" não vão deixar. Eles imploram para mim:

— Oz, Oz! Conte mais sobre Oz para nós, senhor Baum!

O que eu posso fazer, senão atender aos seus pedidos?

Este livro é nosso, meu e das crianças; porque elas bombardearam-me com milhares de sugestões, e eu realmente tentei adotar tantas quantas poderiam caber em uma história.

Depois do maravilhoso sucesso de "Ozma de Oz", é evidente que Dorothy tornou-se uma personagem indispensável nessas histórias. Todos os pequenos amam a menina e, como uma de minhas amiguinhas afirma, com razão:

— Uma história sem a Dorothy não é uma história de Oz de verdade.

Então, aqui está ela de novo: tão doce, gentil e inocente como sempre, eu espero, e como a heroína de outra aventura estranha.

Os meus pequenos correspondentes pediram muito por "mais notícias sobre o Mágico." Parece que o velho e divertido companheiro havia feito uma legião de amigos no primeiro livro de Oz, apesar de ele mesmo se reconhecer francamente como "um charlatão." As crianças viram como ele havia subido ao céu em um balão, e esperavam que ele descesse de novo. Então, o que eu podia fazer senão "contar o que aconteceu com o Mágico depois?" Vocês vão encontrá-lo nestas páginas, o mesmo mágico charlatão de sempre.

Houve apenas um pedido das crianças que achei impossível atender no presente livro: elas exigiam a presença de Totó, o cachorrinho preto de Dorothy, que tem muitos amigos entre os meus leitores. Quando começarem a ler a história, porém, vocês verão que Totó ficou no Kansas enquanto Dorothy estava na Califórnia, por isso ela teve que começar a aventura sem ele. Neste livro, Dorothy teve que levar consigo a gatinha no lugar do cachorro; mas, no próximo livro de Oz, se permitirem que eu escreva outro, pretendo contar muito mais histórias sobre Totó.

A princesa Ozma, personagem que tem a minha afeição e a de meus leitores em igual medida, aparece de novo aqui, assim como muitos dos nossos velhos amigos de Oz.

Vocês também conhecerão Jim, o cavalo de charrete, os Nove Leitõezinhos e Eureka, a gatinha. Lamento que ela não seja tão bem-comportada como deveria, mas talvez ela não tenha recebido uma boa educação. Vejam só vocês: Dorothy encontrou Eureka, e nunca se soube quem eram os pais dela.

Eu acredito, meus queridos, que sou o contador de histórias mais orgulhoso que já existiu. Meus olhos se encheram de lágrimas de orgulho e alegria várias vezes enquanto eu lia as ternas, amorosas e tocantes cartas que chegavam até mim, em quase todas as correspondências dos meus pequenos leitores. Na minha cabeça, é uma conquista tão grande quanto a de ser o presidente dos Estados Unidos o fato de tê-los agradado, interessado e ganhado a amizade e, talvez, o amor de vocês através de minhas histórias. Na verdade, pondo nesses termos, eu prefiro ser o contador de histórias de vocês a ser o presidente dos Estados Unidos. Vocês ajudaram-me a alcançar a ambição da minha vida, e por isso lhes sou muito grato, meus queridos, mais do que consigo expressar em palavras.

Tento responder cada uma das cartas dos meus jovens correspondentes, mas às vezes elas são tantas que pode levar um tempo até que vocês obtenham resposta. Mas sejam pacientes, amigos, porque ela com certeza chegará. E, ao escreverem para mim, vocês fazem mais do que só me retribuir pela tarefa agradável de escrever esses livros. Além disso, tenho o orgulho de reconhecer que os livros são em parte de vocês, porque as suas sugestões por vezes me guiavam no rumo das histórias. Tenho certeza de que eles não teriam nem a metade da qualidade, não fosse pelo sagaz e ponderado auxílio de vocês.

L. Frank Baum
Coronado, 1908.

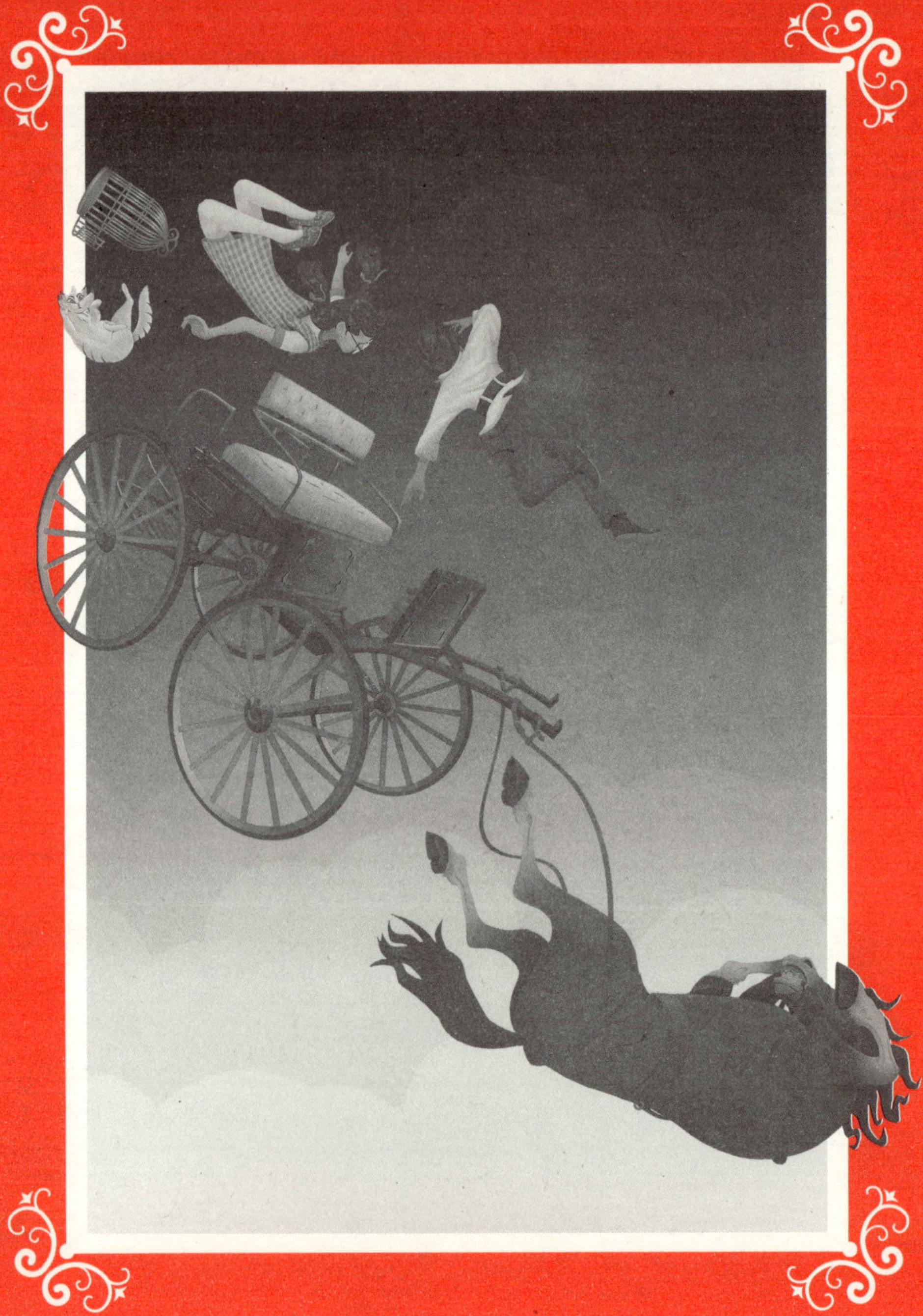

1.
O TERREMOTO

O trem vindo de São Francisco estava muito atrasado. Deveria ter chegado à parada ferroviária perto do Rancho dos Hugson, um desvio da via ferroviária principal, à meia-noite; mas já eram cinco horas da manhã, e o amanhecer cinzento já despontava ao leste quando o pequeno trem surgiu, bufando vagarosamente em direção ao galpão aberto que servia como parada ferroviária.

Quando o trem parou, o funcionário da empresa anunciou em alto e bom som:

– Desvio lateral dos Hugson!

Imediatamente, uma garotinha levantou-se do assento e caminhou até a porta do vagão, carregando uma mala de vime em uma mão e uma gaiola redonda coberta com jornais na outra, e prendendo uma sombrinha embaixo do braço. O funcionário da empresa ferroviária ajudou-a a descer, e o maquinista pôs o trem para rodar de novo. A máquina bufou, grunhiu e lentamente seguiu caminho.

Tamanho atraso aconteceu porque, ao longo de toda a noite, a terra balançou e tremeu algumas vezes embaixo do trem. Temendo que a qualquer momento a via férrea se abrisse e um acidente ocorresse com os passageiros, uma Dorothy, o maquinista conduziu os vagões com calma e cautela.

A garotinha ficou observando o trem desaparecer depois da curva, e só então virou-se para ver onde estava.

Nada havia no galpão do desvio lateral dos Hugson a não ser um velho banco de madeira que não parecia muito convidativo. Conforme corria os olhos pelo lugar tomado da suave luz cinzenta, a criança não conseguia avistar nenhum tipo de construção próxima à parada ferroviária, tampouco qualquer pessoa por ali.

Depois de um tempo, porém, finalmente enxergou um cavalo e uma carruagem para duas pessoas, parados perto de um grupo de árvores, a poucos metros de distância. Ela caminhou em direção a eles e avistou o cavalo, amarrado a uma árvore e com a cabeça baixa, quase encostando no chão.

O cavalo era grande, alto e ossudo, com pernas longas, joelhos e cascos largos. A menina podia contar com facilidade as costelas do animal, nas áreas em que elas apareciam sob a pele. Além disso, a cabeça era longa e proporcionalmente parecia muito grande, como se não encaixasse nele. O rabo era curto e desgrenhado, e o arreio tinha se partido em muitos lugares e amarrado de novo com cordas e pedaços de fio. A carruagem parecia quase nova, pois tinha um teto brilhante e cortinas laterais.

Dando a volta para olhar lá dentro, ela viu um menino encolhido no assento, adormecido. Colocou a gaiola no chão e cutucou o menino com a sombrinha. Ele acordou de imediato, esticando-se para sentar e esfregando os olhos com força.

– Oi! – disse ele, olhando para ela. – Você é Dorothy Gale?

— Sou eu – respondeu ela, olhando séria para o cabelo bagunçado e os olhos cinzentos e faiscantes do garoto. – Você veio para me levar até o Rancho dos Hugsons?

— É claro. O trem chegou?

— Eu não estaria aqui se ele não tivesse chegado.

Ele riu com aquilo, e sua risada era franca e agradável. Pulando da carruagem, o menino colocou a mala de Dorothy embaixo do assento e a gaiola no chão em frente.

— Canários?

— Ah, não. É apenas a Eureka, a minha gatinha. Achei que essa era a melhor maneira de carregá-la.

O menino concordou, balançando a cabeça.

— Eureka é um nome engraçado para um gato – comentou.

— Coloquei esse nome nela porque a encontrei – explicou Dorothy. – O tio Henry disse que "eureka" significa "eu encontrei".

— Legal, pode subir.

Dorothy subiu na carruagem e o menino subiu em seguida. Então, ele pegou as rédeas, balançou-as e disse:

— Vamos!

O cavalo não se mexeu. Dorothy pensou tê-lo visto mexer apenas uma de suas orelhas caídas, e mais nada.

– Vamos! – gritou o menino, novamente.

O cavalo continuou parado.

– Talvez ele vá, se você desamarrá-lo – disse Dorothy.

Alegre, o menino riu e saiu da carruagem.

– Acho que ainda estou sonolento – disse ele, desamarrando o cavalo –, mas o Jim sabe muito bem o que fazer. Não é, Jim? – ele falava, enquanto acariciava o longo focinho do animal.

Em seguida, ele subiu de novo na carruagem e pegou as rédeas. O cavalo afastou-se da árvore imediatamente, deu a volta devagar e começou a trotar pela estrada de terra, que era pouco visível na luz fraca.

– Pensei que o trem nunca fosse chegar – comentou o menino. – Fiquei esperando na estação por cinco horas.

– Ocorreram muitos terremotos – disse Dorothy. – Você não sentiu o chão tremer?

– Senti, mas estamos acostumados a esse tipo de coisas na Califórnia – respondeu o garoto. – Eles não nos assustam muito.

– O funcionário da empresa ferroviária disse que foi o pior terremoto que ele já tinha visto.

– Ele disse isso? Então, deve ter acontecido enquanto eu estava dormindo – falou o menino, pensativo.

— Como está o tio Henry? – perguntou Dorothy depois de uma pausa, enquanto o cavalo continuava a trotar com passos longos e regulares.

— Está muito bem. Ele e o tio Hugson estão tendo se divertindo juntos.

— O senhor Hugson é seu tio? – perguntou ela.

— É. O tio Bill Hugson casou-se com a irmã da esposa do tio Henry. Então, devemos ser primos em segundo grau – disse o menino, com um tom divertido. – Eu trabalho para o tio Bill no rancho dele e recebo seis dólares por mês, mais alimentação.

— E você acha que é um bom negócio? – perguntou Dorothy, hesitante.

— Ora, é um bom negócio para o tio Hugson, mas não para mim. Eu sou um trabalhador excelente. Trabalho tão bem quanto durmo – acrescentou o menino, com uma risada.

— Como você se chama? – perguntou Dorothy, já começando a gostar do jeito e do tom alegre na voz dele.

— Não tenho um nome muito bonito – respondeu ele como se estivesse um pouco envergonhado. – Eu me chamo Zebedias, mas as pessoas me chamam de Zeb. Você esteve na Austrália, não é?

— Estive, sim, com o tio Henry – respondeu Dorothy. – Chegamos em São Francisco há uma semana, e tio Henry veio direto para o Rancho dos Hugsons para uma visita, enquanto eu fiquei uns dias na cidade com alguns amigos que encontramos.

— Quanto tempo você vai ficar conosco? — perguntou Zeb.

— Apenas um dia. Amanhã, tio Henry e eu devemos voltar para o Kansas. Estivemos fora por muito tempo, sabe, e estamos ansiosos para voltar para casa.

O menino deu um toque no cavalo grande e ossudo com o chicote, e parecia pensativo. Ia dizer algo para sua pequena companheira, mas, antes que conseguisse falar, a carruagem começou a balançar perigosamente de um lado para o outro, e a terra pareceu levantar-se diante deles. No minuto seguinte, ouviu-se um estrondo e um som agudo de algo quebrando, e Dorothy viu o chão abrir-se em uma grande cratera ao seu lado para fechar-se novamente, em seguida.

— Meu Deus! — gritou ela, agarrando o apoio de braço de ferro do assento. — O que foi isso?

— Um grande e horrível terremoto — respondeu Zeb, pálido. — Quase nos pegou dessa vez, Dorothy.

O cavalo parou de repente e permaneceu firme como uma rocha. Zeb balançou as rédeas e o mandou continuar, mas Jim estava teimoso. Então, o menino estalou o chicote no animal e, depois de um baixo gemido de protesto, Jim continuou pela estrada, devagar.

Por alguns minutos, nenhum dos dois voltou a conversar. Havia uma sensação de perigo no ar e, de poucos em poucos minutos, a terra tremia violentamente. As orelhas de Jim estavam levantadas, e cada músculo do seu corpo grande estava tenso, conforme trotava em direção à casa. Ele não estava indo muito rápido, mas um suor branco começou a aparecer dos dois lados de seu corpo; e, em alguns momentos, Jim tremia como uma folha.

O céu tinha escurecido novamente, e o vento fazia um estranho som de soluço conforme percorria o vale.

De repente, propagou-se um som de algo tremendo e rompendo, e a terra dividiu-se em outra grande cratera, logo abaixo de onde o cavalo estava parado. Com um relincho selvagem de terror, o cavalo caiu no buraco, arrastando a carruagem e seus ocupantes com ele.

Dorothy agarrou com força o teto da carruagem e Zeb fez o mesmo. A queda repentina confundiu-os tanto que não conseguiam nem pensar.

A escuridão envolveu-os por todos os lados e, em um silêncio ofegante, eles esperavam que a queda terminasse esmagando-os contra as rochas recortadas, ou que a terra se fechasse de novo com eles lá dentro, enterrando-os para sempre em suas profundezas terríveis.

A horrível sensação de queda, a escuridão e os sons assustadores acabaram sendo mais do que Dorothy poderia aguentar, e por alguns momentos a garotinha perdeu a consciência. Zeb não desmaiou, mas estava muito assustado e agarrava-se com força ao assento da carruagem, imaginando que cada momento seria o último.

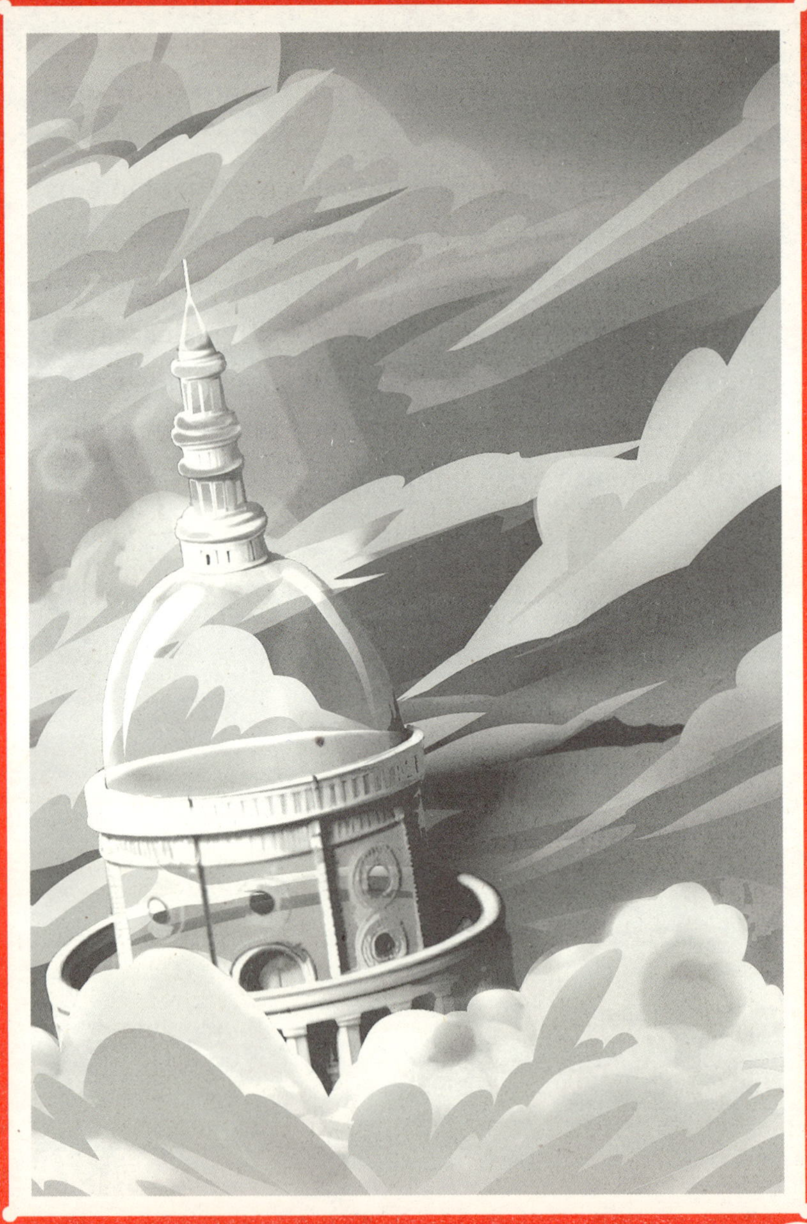

2.
A Cidade de Vidro

Quando Dorothy voltou a si, eles ainda estavam caindo, mas um pouco mais devagar. O teto da carruagem servia como um paraquedas ou um guarda-chuva cheio de vento, que os segurava e os fazia flutuar em direção ao fundo, com um movimento suave, não tão difícil de suportar. A pior coisa era o terror de atingir o fundo daquela grande cratera, e o medo natural de que uma morte repentina acontecesse a qualquer momento.

Estrondos após estrondos ecoavam distantes acima de suas cabeças, à medida que a terra juntava-se de novo onde havia se dividido, e pedras e amontados de barro chacoalhavam em volta deles, por todos os lados. Os meninos não conseguiam ver nada; apenas sentiam tudo caindo com força sobre o teto da carruagem.

Jim gritou quase como um humano quando uma pedra atingiu o seu corpo ossudo. O pobre cavalo não se machucou de fato, porque tudo e todos estavam caindo ao mesmo tempo. Apenas as pedras e o lixo caíam mais rápido do que o cavalo e a carruagem, que tinham a velocidade da queda reduzida por causa da pressão do ar. Assim, o animal estava, na verdade, mais aterrorizado do que machucado.

Dorothy, muito perplexa, não fazia ideia de por quanto tempo as coisas continuaram daquela maneira. No entanto, pouco tempo depois, conforme olhava para a frente no abismo escuro, com o coração acelerado, a menina começou a identificar vagamente a forma de cavalo do Jim: a cabeça para cima, as orelhas levantadas e as longas pernas esperneando em todas as direções, como se ele tropeçasse no espaço. Virando-se, ela descobriu que também conseguia ver o menino ao seu lado, que até o momento tinha permanecido tão parado e calado quanto ela.

Dorothy suspirou e começou a respirar com mais facilidade. Ela começava a se dar conta de que a morte ainda não a aguardava, afinal, mas tinha simplesmente iniciado outra aventura, que prometia ser tão estranha e incomum como aquela que teve antes. Com esse pensamento em mente, a menina criou coragem e inclinou a cabeça na lateral da carruagem, para ver de onde aquela luz estranha estava vindo.

Bem embaixo de si, Dorothy descobriu seis bolas grandes e brilhantes suspensas no ar. A do centro e maior era branca, lembrando o Sol. Arranjadas em torno da primeira, como as cinco pontas de uma estrela, estavam as outras cinco bolas brilhantes: uma rosa, uma violeta, uma amarela, uma azul e uma laranja.

Esse grupo esplêndido de sóis coloridos emitia raios em todas as direções e, conforme o cavalo e a carruagem com Dorothy e Zeb continuavam caindo e aproximavam-se das luzes, os raios começavam a adquirir toda a coloração delicada de um arco-íris, que ficava cada vez mais nítido a cada momento, até todo o espaço estar brilhantemente iluminado.

Dorothy estava muito atordoada, para falar o mínimo, mas viu uma das grandes orelhas do Jim tornar-se violeta e a outra rosa, e imaginou que o rabo dele estava amarelo e o corpo listrado com azul e laranja, como as listras de uma zebra. Então, olhou para Zeb, cujo rosto estava azul e o cabelo rosa, e deu uma risadinha que soou um pouco nervosa.

— Não é engraçado? — perguntou ela.

O menino estava assustado e com os olhos arregalados. Uma faixa verde cruzava o meio do rosto de Dorothy, na região em que as luzes azul e amarela se cruzavam, e a aparência dela parecia deixá-lo mais assustado.

— E-eu não v-ve-vejo na-nada engraçado... nisso! — gaguejou ele.

Nesse momento, a carruagem inclinou-se devagar para um dos lados, levando o corpo do cavalo também. Como todos eles continuavam a cair juntos, as crianças não tiveram dificuldades em permanecer sobre os assentos, como já estavam antes. Eles viraram a carruagem de ponta-cabeça e continuaram a rolar devagar, até o lado certo ficar para cima de novo. Nesse meio-tempo, Jim se debatia freneticamente, suas quatro patas chutando o ar; e, ao voltar para sua posição inicial, ele disse, com um tom de alívio:

– Bem, assim está melhor.

Dorothy e Zeb entreolharam-se, espantados.

– O seu cavalo sabe falar? – perguntou a menina.

– Até agora, eu não sabia disso – respondeu ele.

– Essas foram as minhas primeiras palavras – disse o cavalo, tendo ouvido a conversa – e não consigo explicar porque consigo falar agora. Uma bela enrascada, essa em que vocês me meteram, não?

– Bom, nós estamos na mesma também – retrucou Dorothy, alegre. – Deixe isso para lá, alguma coisa vai acontecer já, já.

– Mas é claro – rosnou o cavalo – e aí vamos lamentar tudo isso aconteceu.

Zeb estremeceu. Tudo aquilo era tão terrível e surreal que ele não estava entendendo nada, e tinha boas razões para estar com medo.

Rapidamente, todos se aproximaram dos flamejantes sóis coloridos, passando perto, bem ao lado deles. A luz era tão brilhante que ofuscava os olhos, por isso tiveram que cobrir os rostos para evitar que ela os cegasse.

Apesar da forte luz, os pequenos sóis coloridos não emitiam calor; depois que todos passaram embaixo deles, o teto da carruagem bloqueou a maior parte dos penetrantes raios, e as crianças conseguiram abrir os olhos novamente.

— Devemos chegar ao fundo em algum momento – comentou Zeb, com um profundo suspiro. – Não podemos continuar caindo para sempre, sabe.

— É claro que não – disse Dorothy. – Nós estamos em algum lugar no centro da Terra, e é bem possível que alcancemos o outro lado, mais cedo ou mais tarde. Mas é um grande vazio, não é?

— Terrivelmente grande – respondeu o menino.

— Estamos chegando em algum lugar agora – anunciou o cavalo.

Com isso, os dois inclinaram-se para um dos lados da carruagem e olharam para baixo. Sim, havia terra embaixo deles, e também não estava muito longe; mas eles estavam caindo muito, muito devagar, tão devagar que aquilo não podia mais ser chamado de cair, e as crianças tiveram muito tempo para criar coragem e olhar ao redor.

Viram uma paisagem com montanhas e planícies, lagos e rios, tudo muito parecido com o que existe na superfície da Terra, mas todo o cenário era esplendidamente colorido pelas diversas luzes dos seis sóis. Aqui e ali, havia grupos de casas que pareciam feitas de vidro transparente, de tão brilhantes que eram.

— Eu tenho certeza de que não estamos em perigo – disse Dorothy, com uma voz séria. – Estamos caindo tão devagar que não seremos feitos em pedaços quando aterrissarmos, e este país onde estamos chegando parece ser muito bonito.

— Mas pelo visto nunca mais voltaremos para casa – lamentou Zeb.

— Ah, eu não tenho tanta certeza disso – respondeu a menina. — Mas não vamos nos preocupar com essas coisas, Zeb; não podemos fazer nada agora, sabe, e eu sempre ouvi falar que é tolice se preocupar antes do tempo.

O menino ficou em silêncio, sem saber o que responder diante de palavras tão sensatas; e logo os dois estavam muito distraídos olhando os cenários peculiares que se desenrolavam embaixo deles. Parecia que estavam caindo bem no meio de uma grande cidade, com muitos prédios altos, cúpulas de vidro e pináculos pontiagudos e afiados. Esses pináculos eram como a ponta de uma lança; se os meninos caíssem sobre um deles, poderiam ser gravemente feridos.

O cavalo Jim também viu esses pináculos e levantou as orelhas de medo, e na dúvida Dorothy e Zeb prenderam a respiração. Nada aconteceu, porém, e eles aterrissaram suavemente sobre um telhado plano e amplo, e por fim pararam.

Quando sentiu algo firme embaixo dos cascos, o pobre animal tremia tanto as pernas que mal conseguia ficar em pé. Zeb, por sua vez, pulou imediatamente da carruagem. Saltando de forma desajeitada na pressa acabou chutando a gaiola de Dorothy, que rolou sobre o telhado. Com o movimento, o fundo da gaiola se soltou e uma gatinha cor-de-rosa logo se rastejou de lá de dentro, sentando-se sobre o telhado de vidro, bocejando e piscando os olhos arredondados.

— Ah! Esta é a Eureka — disse Dorothy.

— É a primeira vez na vida que eu vejo uma gata rosa — declarou Zeb.

— A Eureka não é rosa. Ela é branca. Essa luz esquisita que deu essa cor para ela.

— Onde está o meu leite? — perguntou a gatinha, olhando para cima, para o rosto de Dorothy. — Estou morrendo de fome.

— Eureka! Você sabe falar?

— Falar! Eu estou falando? Misericórdia, acho que estou mesmo. Não é engraçado? — indagou a gatinha.

— Isso não está nada certo — disse Zeb, sério. — Animais não devem falar, mas até o velho Jim tem falado coisas desde o nosso acidente.

— Eu não vejo nada de errado nisso — comentou Jim, com sua voz rouca. — Pelo menos não é tão errado como outras coisas. O que vai ser de nós agora?

— Não sei — respondeu o menino, olhando em volta com curiosidade.

As casas da cidade eram todas feitas de um vidro tão claro e transparente que qualquer pessoa seria capaz de olhar pelas paredes, com tanta facilidade quanto por uma janela.

Sob o telhado onde estava, Dorothy viu vários cômodos usados como lugar de descanso, e até achou que conseguia distinguir algumas formas estranhas amontoadas pelos cantinhos da casa.

O telhado da casa ao lado de onde estavam tinha um grande buraco, e havia cacos de vidro espalhados por toda parte. Uma torre próxima tinha sido destruída, e os fragmentos foram colocados em uma pilha ao lado. Outros prédios estavam quebrados em alguns lugares ou com os seus cantos destruídos, e pareciam ter sido muito bonitos antes dos acidentes que aconteceram e arruinaram a sua perfeição. O arco-íris dos sóis coloridos atingia a cidade de vidro suavemente, dando aos prédios muitas tonalidades delicadas, variáveis e bonitas de se ver.

Nenhum som havia rompido o silêncio desde que os estrangeiros chegaram, exceto suas próprias vozes. Eles começaram a se perguntar se alguém habitava aquela maravilhosa cidade do mundo subterrâneo.

De repente, um homem apareceu em um buraco no telhado perto de onde eles estavam e começou a sair, até ser possível vê-lo como um todo. Ele não era muito grande, mas tinha uma boa estrutura corporal e um rosto lindo, calmo e sereno como o rosto de um retrato delicado. As roupas lhe caíam bem e eram lindamente coloridas com brilhantes tons de verde, que variavam conforme eram tocadas pelos raios solares, sem serem completamente afetados por eles.

O homem deu um ou dois passos pelo telhado antes de perceber a presença dos estrangeiros. Quando os viu, parou de repente. Não havia expressão de medo ou surpresa em seu rosto tranquilo, embora ele devesse estar receoso e espantado; porque, depois de fixar os olhos por um momento sobre a forma desajeitada do cavalo, ele caminhou depressa para a ponta mais distante do telhado, espiando o estranho animal por sobre o ombro.

– Cuidado! – gritou Dorothy ao perceber que o belo homem não estava olhando para onde ia. – Tenha cuidado, ou você vai cair!

No entanto, ele não deu atenção ao aviso da menina. Alcançando a ponta do alto telhado e dando um passo no ar, caminhou no espaço com tanta calma que parecia estar em chão firme. A menina, pasma, correu para inclinar-se sobre a beirada do telhado e viu o homem caminhando rápido no ar e descendo até o chão. Ele alcançou a rua depressa e desapareceu por uma porta de vidro de um dos prédios de vidro.

— Que estranho! — exclamou Dorothy, respirando fundo.

— Sim, mas também é muito divertido, e isso *se* for estranho — comentou a gatinha, miando bem baixinho. Dorothy voltou-se e viu que ela caminhava sobre o ar, a mais ou menos um passo de distância da beirada do telhado.

— Volta aqui, Eureka! — chamou a menina, angustiada. — Você pode acabar morrendo.

— Eu tenho sete vidas — disse a gatinha, ronronando suavemente enquanto dava meia-volta e voltava ao telhado. — Mas não dá para perder uma vida sequer caindo neste país, porque eu não conseguiria cair nem se eu quisesse.

— Será que o ar suporta o seu peso? — perguntou a menina.

— Claro que suporta, você não viu? — e a gatinha novamente caminhou no ar, saindo do telhado e voltando.

— Isso é incrível — disse Dorothy.

— Acho que devíamos deixar a Eureka descer e procurar alguém para nos ajudar — sugeriu Zeb, que estava ainda mais impressionado que Dorothy diante desses estranhos acontecimentos.

— Será que também não conseguimos andar pelo ar? — perguntou a menina.

Zeb deu um passo para trás, estremecendo.

— Eu não ousaria tentar — disse ele.

— Talvez Jim possa ir — continuou Dorothy, olhando para o cavalo.

— E talvez ele não possa! — respondeu Jim. — Eu caí por tempo suficiente e estou bem satisfeito aqui, neste telhado.

— Mas não caímos no telhado — disse a menina. — Quando chegamos aqui, estávamos flutuando muito devagar, e tenho quase certeza de que poderíamos ter flutuado até a rua sem nos machucarmos. Eureka caminha muito bem no ar.

— Eureka pesa apenas meio quilo — respondeu o cavalo, com desdém. — E eu peso quase meia tonelada.

— Você não pesa tanto quanto deveria, Jim — comentou a menina, balançando a cabeça enquanto olhava o animal. — Você é assustadoramente magro.

— Ah, bem, estou velho — disse o cavalo, baixando a cabeça, desanimado — e enfrentei muitos problemas na vida, pequena. Por muitos anos, puxei carruagens em Chicago, e isso é o suficiente para deixar qualquer um magro.

— Ele come o suficiente para ficar gordo, isso eu posso dizer – afirmou o menino, sério.

— Eu como? Você se lembra de eu ter tomado algum café da manhã hoje? – rosnou Jim, como se tivesse ficado ressentido com as palavras de Zeb.

— Ninguém aqui comeu nada – disse o menino – e, num momento de perigo como este, é tolice falar em comida.

— Nada é mais perigoso do que estar sem comida – declarou o cavalo, fungando diante da repreensão de seu jovem mestre – e no momento, ninguém pode dizer se tem ou não aveia neste país estranho. E, se existir, é mais provável que seja aveia de vidro!

— Ah, não! – exclamou Dorothy. – Eu consigo ver muitos belos jardins e campos abaixo de nós, às margens desta cidade. Mas gostaria de encontrar uma forma de descermos.

— Por que não vamos para o chão andando? – perguntou Eureka. – Eu estou com tanta fome quanto o cavalo, e quero meu leite.

— Você vai tentar, Zeb? – perguntou a menina, virando-se para o companheiro.

Zeb hesitou. Aquela terrível aventura havia deixado o menino transtornado, nervoso e preocupado. Ele ainda estava pálido e assustado, mas não queria que a menina pensasse que ele era um covarde; por isso caminhou lentamente até a beirada do telhado.

Dorothy estendeu a mão para ele, e Zeb pôs um pé para fora do telhado para testar. Parecia firme o bastante para andar, então criou coragem e pôs o outro. A menina continuava segurando a mão dele e seguindo-o, e logo os dois estavam andando no ar, com a gatinha pulando e correndo ao lado deles.

— Vem, Jim! — chamou o menino. — Está tudo bem.

Jim arrastou-se até a borda do telhado para dar uma olhada e, sendo um cavalo sensato e muito experiente, convenceu-se de que poderia ir até onde os outros estavam. Então, bufando, relinchando e batendo a cauda curta, Jim trotou para fora do telhado e começou, mais uma vez, a flutuar em direção à rua. Por causa de seu peso, ele desceu mais rápido do que as crianças, passando por elas em direção ao chão; mas, quando chegou ao pavimento de vidro, aterrissou com tanta suavidade que nem mesmo sentiu o impacto.

— Ora, ora! — disse Dorothy, respirando fundo. — Como este país é estranho!

As pessoas começaram a sair pelas portas de vidro para ver os novos visitantes, e logo uma grande multidão tinha se formado. Havia homens e mulheres, mas nenhuma criança. Todos eram muito bonitos, estavam vestidos de modo elegante e tinham belíssimos rostos.

Não havia uma única pessoa feia naquela multidão; mesmo assim, Dorothy não estava muito confortável com a aparência daquelas pessoas, porque elas não esboçavam expressão em suas feições. Como o rosto de uma boneca, elas não sorriam nem franziam a testa, tampouco mostravam medo, surpresa, curiosidade ou amistosidade. Elas simplesmente encaravam os estrangeiros, prestando mais atenção em Jim e Eureka porque nunca tinham visto na vida um cavalo ou um gato, enquanto as crianças se pareciam com eles.

Pouco tempo depois, aproximou-se do grupo um homem que trazia uma estrela brilhante sobre os cabelos escuros, logo acima da testa. Ele parecia ser uma pessoa de autoridade na cidade porque os outros abriram caminho para ele. Depois de passar os olhos serenos primeiro pelos animais e em seguida pelas crianças, ele se dirigiu a Zeb, que era um pouco mais alto que Dorothy:

— Fale-me, intruso: foram vocês que causaram a Chuva de Pedras?

Por um momento, o menino não entendeu o que o homem quis dizer com aquela pergunta. Então, lembrando-se das pedras que caíram com eles, mas os ultrapassaram e atingiram a cidade muito antes de eles chegarem, respondeu:

— Não, senhor, nós não provocamos nada. Foi um terremoto.

O homem com a estrela na cabeça ficou parado por um tempo, quieto, pensando nas palavras que ouvira. Então, perguntou:

— O que é um terremoto?

— Eu não sei — disse Zeb, ainda confuso.

Dorothy, percebendo o espanto do homem, respondeu:

— É um tremor de terra. Uma grande cratera se abriu e nós caímos, junto com o cavalo, a carruagem e todo o resto. As pedras ficaram soltas e caíram conosco.

O homem com a estrela encarou-a com os olhos calmos e inexpressivos.

— A Chuva de Pedras causou muitos danos à nossa cidade — falou — e vocês são os responsáveis por isso, a menos que provem que são inocentes.

— E como podemos provar isso? — perguntou a menina.

— Isso eu não sei dizer. É algo que compete a vocês, não a mim. Vocês devem ir até a Casa do Feiticeiro, que logo descobrirá a verdade.

— E onde fica a Casa do Feiticeiro? – perguntou a menina.

— Eu posso levá-los até lá. Venham!

Ele virou-se e desceu a rua. Depois de um momento de hesitação, Dorothy pegou Eureka nos braços e subiu na carruagem. O menino sentou-se ao lado dela e disse:

— Vamos, Jim.

Conforme o cavalo seguia devagar puxando a carruagem, os moradores da cidade de vidro abriam espaço para eles e formavam uma procissão atrás. Vagarosamente desceram uma rua, subiram outra, viraram para um lado e depois para o outro, até chegarem a uma praça aberta no centro, na qual havia um grande palácio de vidro com um domo central, e quatro pináculos altos em cada canto.

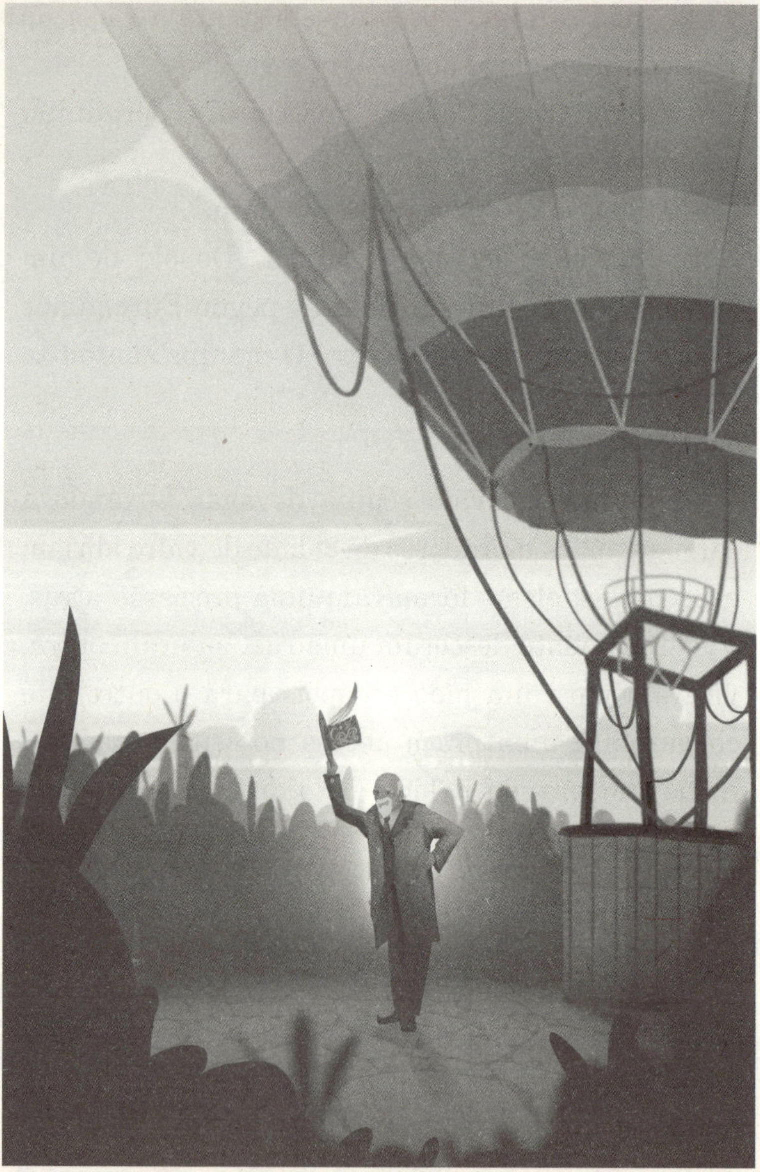

3.
A CHEGADA DO MÁGICO

A entrada do palácio de vidro era grande o suficiente para o cavalo entrar com a carruagem, por isso Zeb conduziu-os para dentro. Ao entrarem, viram-se em um salão muito bonito, com pé-direito alto. As pessoas seguiram as crianças e formaram um círculo dentro do cômodo espaçoso, deixando o cavalo com a carruagem e o homem com a estrela no centro do salão.

– Venha até nós, ó, Gwig! – chamou o homem em voz alta.

Imediatamente, uma nuvem de fumaça apareceu e cobriu o chão, espalhando-se devagar, subindo até o domo e revelando então uma estranha figura sentada sobre um trono de vidro, bem diante do focinho de Jim. Fisicamente, o homem era igual a todos os outros habitantes daquela terra; e suas roupas diferiam apenas na cor, porque eram de um amarelo brilhante. Não tinha cabelo, porém; e sobre toda a careca, rosto e costas das mãos tinha espinhos afiados, como os encontrados nos caules das roseiras. Havia até mesmo um espinho na ponta do seu nariz, o que lhe dava uma aparência tão engraçada que Dorothy não aguentou e começou a rir.

 O Feiticeiro, ouvindo a risada, olhou na direção da garotinha com olhos frios e cruéis, silenciando-a imediatamente, apenas com o olhar.

 – Como ousam invadir a isolada Terra dos Mangaboos, ó indesejados? – perguntou, severo.

 – Foi sem querer – disse Dorothy.

 – Por que vocês mandaram a Chuva de Pedras para destruir as nossas casas de forma perversa e traiçoeira? – continuou ele.

 – Nós não fizemos isso! – declarou a menina.

 – Prove! – gritou o Feiticeiro.

 – Nós não temos que provar nada! – respondeu Dorothy, indignada. – Se você tivesse o mínimo de bom senso, saberia que foi o terremoto.

— Nós sabemos apenas que ontem caiu uma Chuva de Pedras sobre nós, causando muitos danos e machucando algumas pessoas do nosso povo. Hoje teve outra Chuva de Pedras, e logo depois vocês apareceram por aqui.

— A propósito — disse o homem com a estrela, olhando profundamente para o Feiticeiro —, você nos disse ontem que não haveria uma segunda Chuva de Pedras; e não apenas ela aconteceu, como foi ainda pior que a primeira. Para que serve a sua magia, se ela não é capaz de nos mostrar a verdade?

— A minha magia revela a verdade! — declarou o homem coberto de espinhos. — Eu disse que haveria apenas uma Chuva de Pedras. A segunda foi uma Chuva de Pessoas-Cavalo-e-Carruagem. Algumas pedras vieram com eles.

— Haverá mais alguma chuva? — perguntou o homem com a estrela.

— Não, meu príncipe.

— Nem pedras, nem pessoas?

— Não, meu príncipe.

— Você tem certeza?

— Muita certeza, meu príncipe. É o que a minha magia revela no momento.

Em seguida, um homem entrou correndo no salão e dirigiu-se ao Príncipe, depois de fazer uma reverência.

– Mais maravilhas no ar, Vossa Alteza – disse ele.

Imediatamente, o Príncipe e todo o povo saíram do salão em direção à rua, para ver o que estava acontecendo. Dorothy e Zeb pularam da carruagem e correram atrás deles, mas o Feiticeiro permaneceu calmamente em seu trono.

Longe, no céu, havia um objeto parecido com um balão. Não estava tão alto como os seis sóis brilhantes e coloridos, mas descia devagar pelo ar, tão devagar que à primeira vista parecia imóvel.

A multidão continuou parada, esperando. Era tudo o que podiam fazer, porque era impossível sair e abandonar aquela cena estranha; e eles tampouco podiam apressar a descida do objeto de alguma forma. Os Mangaboos nem notavam a presença das crianças da superfície da Terra entre a multidão, pois eles eram quase da sua altura. Além disso, o cavalo tinha permanecido na casa do Feiticeiro, com Eureka dormindo encolhida no assento da carruagem.

Aos poucos, o balão parecia aumentar de tamanho, o que sinalizava que estava se aproximando da Terra dos Mangaboos. Dorothy ficou surpresa ao perceber como aquelas pessoas eram pacientes, porque o seu próprio coração estava batendo muito rápido, cheio de ansiedade. Um balão significava que mais alguém da superfície da Terra estava chegando, e ela esperava que fosse uma pessoa capaz de ajudá-los com os problemas.

Em uma hora, o balão aproximou-se o suficiente para Dorothy ver o cesto suspenso embaixo dele. Em duas horas, ela conseguiu avistar uma cabeça olhando por cima do cesto. Em três horas, o grande balão começou a aterrissar suavemente na grande praça onde eles estavam, e alcançou o pavimento de vidro.

Então, um homem baixinho pulou do cesto, tirou a cartola e fez uma reverência graciosa para a multidão de Mangaboos à sua volta. Era um homem velho e baixinho, com a cabeça alongada e totalmente careca.

– Eu não acredito! – gritou Dorothy, maravilhada. – É o Oz!

O homenzinho olhou na direção dela e parecia tão surpreso quanto ela, mas sorriu, fez uma reverência e respondeu:

– Sim, minha querida, eu sou Oz, o Grande e Terrível. E você é a pequena Dorothy, de Kansas. Eu me lembro muito bem de você.

– Quem você disse que ele é? – sussurrou Zeb para ela.

– É o incrível Mágico de Oz. Você nunca ouviu falar dele?

Naquele momento, o homem com a estrela aproximou-se e parou adiante do Mágico.

— Cavalheiro — disse ele —, por que o senhor está aqui, na Terra dos Mangaboos?

— Eu não sabia que terra era essa, meu filho — respondeu o Mágico, com um sorriso agradável —, e, para ser sincero, eu não pretendia visitá-los quando subi no balão. Eu vivo na superfície da Terra, que é muito melhor do que viver dentro dela, Vossa Alteza, mas ontem eu subi no balão e desci: caí dentro de uma grande cratera causada por um terremoto. Eu deixei escapar tanto gás do meu balão que não conseguia subir novamente, e em poucos minutos a terra fechou-se sobre a minha cabeça. Então, continuei a descer, até alcançar este lugar; e, se Vossa Alteza puder me mostrar um jeito de sair daqui, eu irei embora com o maior prazer. Lamento ter-lhes causado problemas, mas foi inevitável.

O Príncipe ouviu com atenção e disse:

— Esta criança da superfície da Terra, igual a você, chamou-o de mágico. Um mágico não é um tipo de feiticeiro?

— É melhor — respondeu Oz prontamente. — Um mágico vale por três feiticeiros.

– Ah, você deve provar isso – disse o Príncipe. – Nós, os Mangaboos, temos no momento um dos mais excelentes feiticeiros já colhidos de um arbusto, mas às vezes ele comete erros. Você alguma vez comete erros?

– Nunca! – declarou o Mágico, com ousadia.

– Ai, Oz! – disse Dorothy. – Você cometeu um monte de erros quando vivia na maravilhosa Terra de Oz.

– Que disparate! – disse o homenzinho, ficando vermelho, apesar de um raio solar violeta ter atingido o seu rosto redondo.

– Venha comigo – disse-lhe o Príncipe. – Quero que conheça o nosso feiticeiro.

O Mágico não gostou do convite, mas não tinha outra escolha a não ser aceitá-lo. Então, seguiu o Príncipe para o grande salão abobadado, acompanhado por Dorothy e Zeb, e a multidão logo atrás.

Quando o Mágico viu o feiticeiro coberto de espinhos sentado no trono, começou a rir, fazendo uns barulhos engraçados.

– Que criatura ridícula! – exclamou.

– Ele pode parecer ridículo – disse o Príncipe, em voz baixa –, mas é um excelente feiticeiro. Sua única falha é o fato de errar com frequência.

— Eu nunca erro — respondeu o Feiticeiro.

— Não faz muito tempo, você disse que não haveria mais Chuva de Pedras, nem de Pessoas — retrucou o Príncipe.

— Certo, e então?

— Aqui está outra pessoa que desceu do ar, para provar que você estava errado.

— Uma pessoa não pode ser chamada de "pessoas" — disse o Feiticeiro. — Se duas pessoas descessem do céu, seria justo que Vossa Alteza dissesse que eu errei. Mas, a menos que mais alguém apareça, vou continuar afirmando que eu estava certo.

— Muito esperto! — falou o Mágico, concordando como se estivesse satisfeito. — Estou encantado por encontrar charlatães dentro da Terra, assim como na superfície. Você já esteve em um circo, irmão?

— Nunca — respondeu o Feiticeiro.

— Você precisa juntar-se a um — declarou o homenzinho, sério. — Eu trabalho para o Bailum & Barney Grandes Shows Consolidados, que possui três picadeiros em uma tenda e uma bela coleção de animais. É um belo espetáculo, asseguro a você.

— O que você faz? — perguntou o Feiticeiro.

— Normalmente, eu subo no balão para atrair as multidões para o circo. Porém, acabei de ter a má sorte de descer, cair no centro da Terra e aterrissar mais baixo do que pretendia. Mas não faz mal. Não é todo mundo que tem a chance de conhecer a sua Terra dos "Gabazoos".

– Mangaboos – disse o Feiticeiro, corrigindo-o. – Se você é um mágico, deveria ser capaz de chamar as pessoas pelo nome certo.

– Ah, eu sou um mágico, pode ter certeza. Eu sou um mágico tão bom quanto você é um feiticeiro.

– Ainda falta provar isso – disse o Feiticeiro.

– Se você for capaz de provar que é melhor – disse o Príncipe ao homenzinho –, farei de você o Mágico Chefe de nossas terras. Se não...

– O que vai acontecer se eu não conseguir provar? – perguntou o Mágico.

– Vou impedi-lo de viver, e proibir que você seja enterrado – respondeu o Príncipe.

– Isso não parece muito agradável – replicou o homenzinho, desconfortável, olhando para o homem com a estrela. – Mas que seja. Eu vou superar o Velho Espinhudo, fácil, fácil.

– O meu nome é Gwig! – disse o Feiticeiro, focando os olhos cruéis e frios no rival. – Vamos ver se consegue fazer uma feitiçaria igual a essa!

Ele começou a mover uma das mãos cheias de espinhos, e de repente ouviu-se o som de sinos tocando uma doce melodia. Dorothy procurou pelos sinos, mas não conseguiu avistá-los no grande salão de vidro. O povo Mangaboo, por sua vez, também ouvia o tilintar dos sinos, mas não parecia nada impressionado. Essa era uma das coisas que Gwig costumava fazer com frequência para provar que era um feiticeiro.

Agora era a vez do Mágico, que sorriu para a plateia e perguntou:

— Alguém faria a gentileza de me emprestar um chapéu?

Ninguém respondeu, porque os Mangaboos não usavam chapéus, e Zeb havia perdido o dele de alguma forma, enquanto voava.

— Aham! — o Mágico limpou a garganta. — Alguém poderia, por favor, me emprestar um lenço?

Mas eles também não tinham lenços.

— Muito bem — comentou o Mágico. — Eu vou usar o meu próprio chapéu, se me permitirem. Agora, meus bons amigos, observem-me com atenção. Vejam, não há nada aqui na minha manga — disse, levantando as mangas da camisa que estava usando — e não há nada escondido em mim. O meu chapéu também está vazio. — Ele pegou o chapéu e virou-o para baixo, balançando-o vigorosamente.

— Deixe-me ver — disse o Feiticeiro.

Ele pegou o chapéu e examinou-o com cuidado,

devolvendo-o em seguida para o Mágico.

– Agora – prosseguiu o homenzinho – eu vou criar algo do nada.

Ele colocou o chapéu no chão de vidro, fez um passe de mágica com a mão e pegou o chapéu, revelando um leitãozinho branco que era pouco maior que um rato, e que começou a correr em todas as direções, grunhindo e guinchando com sonzinhos estridentes.

As pessoas observavam atentamente o que estava acontecendo, porque nunca tinham visto um porco antes, grande ou pequeno. O Mágico pegou a criaturinha, segurando a cabeça entre o indicador e o polegar de uma das mãos, e o rabo entre o polegar e o indicador da outra. Então, puxou o animalzinho até separá-lo em duas partes, que se tornaram dois leitõezinhos em um passe de mágica.

Oz colocou um deles no chão para que pudesse correr, enquanto puxou e separou o outro em duas partes, fazendo três leitõezinhos ao todo. Então, repetiu o mesmo procedimento: colocou um deles no chão para correr com o primeiro, ficou segurando o outro e o puxou e separou, fazendo aparecer mais um leitãozinho, totalizando quatro. O Mágico continuou essa apresentação surpreendente até que nove leitõezinhos estavam correndo em volta dele, todos guinchando e grunhindo de um jeito muito engraçado.

— Agora que eu criei algo do nada, vou fazer algo se tornar nada de novo — anunciou o Mágico de Oz.

Com isso, pegou dois leitõezinhos e empurrou-os um contra o outro, de modo que o que eram dois tornou-se um. Então, pegou outro e empurrou-o contra o primeiro, fazendo aquele desaparecer. E assim, um por um, os nove leitõezinhos foram sendo empurrados até ficar apenas uma das criaturinhas. O Mágico colocou a que restou embaixo do chapéu e, em um passe de mágica, quando removeu o chapéu, o último leitãozinho tinha desaparecido completamente.

O homenzinho fez uma pequena reverência para a multidão silenciosa que o observava; e, então, o Príncipe falou, com voz calma e fria:

— Você é de fato um mágico incrível, e seus poderes são maiores que os do meu feiticeiro.

— Ele não será um mágico incrível por muito tempo — comentou Gwig.

— Por que não? — perguntou Oz.

— Porque vou fazer você parar de respirar. Eu percebi que você foi feito de uma maneira curiosa; se não puder respirar, você não consegue continuar vivo.

O homenzinho parecia preocupado.

– Quanto tempo você vai levar para parar a minha respiração? – perguntou.

– Uns cinco minutos, a partir de agora. Apenas observe.

O Feiticeiro começou a fazer sinais estranhos e passes na direção do Mágico, mas o homenzinho não o encarou por muito tempo. Em vez disso, pegou um estojo de couro do bolso e de lá tirou muitas lâminas afiadas, que juntou uma após a outra até formar uma longa espada. Quando conseguiu empunhá-la, já estava tendo dificuldade para respirar, pois o feitiço começava a fazer efeito.

Então, o Mágico não perdeu mais tempo: pulando para a frente, ele ergueu a espada afiada, girou-a uma ou duas vezes sobre a cabeça e desferiu um golpe poderoso, que cortou o corpo do Feiticeiro exatamente ao meio.

Dorothy gritou, esperando ver algo terrível; mas, quando as metades do Feiticeiro caíram no chão, a menina viu que ele não tinha ossos nem sangue, e o lugar onde havia sido cortado se parecia mais com um pedaço de batata.

– Mas... ele é um vegetal! – gritou o Mágico, espantado.

– É lógico – disse o Príncipe. – Neste país, somos todos vegetais. Vocês também não são?

– Não – respondeu o Mágico. – As pessoas da superfície da Terra são feitas de carne e osso. O Feiticeiro vai morrer?

– Certamente, senhor. Agora ele está morto de verdade, e vai murchar muito rápido. Devemos plantá-lo logo, para que outros feiticeiros possam crescer do seu arbusto – continuou o Príncipe.

– O que Vossa Alteza quer dizer com isso? – perguntou o pequeno Mágico, muito confuso.

– Se me acompanharem até os nossos jardins públicos, poderei explicar os mistérios do nosso Reino dos Vegetais muito melhor do que aqui – respondeu o Príncipe.

4.
O Reino dos Vegetais

Depois de limpar a umidade da espada, o Mágico separou as lâminas e guardou-as no estojo de couro novamente. O homem com a estrela ordenou que alguns do seu povo carregassem as duas metades do Feiticeiro para os jardins públicos.

Jim levantou as orelhas ao ouvir que estavam indo para os jardins e quis ir junto, pensando que poderia encontrar algo para comer. Então, Zeb baixou o teto da carruagem e convidou o Mágico para ir com eles. O assento era largo o suficiente para o homenzinho e as duas crianças; e, quando Jim começou a sair do salão, a gatinha pulou sobre as costas do animal e acomodou-se muito satisfeita.

Então, a procissão seguiu pelas ruas: as pessoas que transportavam o Feiticeiro primeiro, depois o Príncipe, em seguida Jim puxando a carruagem com os estrangeiros dentro e, por último, a multidão de pessoas vegetais, que não tinham coração, nem sorriam, nem franziam a testa.

A Cidade de Vidro tinha várias ruas bonitas, porque muitas pessoas viviam ali; mas, depois de passarem por elas, todos chegaram a uma vasta planície coberta com jardins e irrigada por muitos belos riachos. Havia caminhos através desses jardins, e pontes ornamentais de vidro sobre alguns dos riachos.

Nesse momento, Dorothy e Zeb desceram da carruagem e começaram a caminhar ao lado do Príncipe, para poderem ver e examinar melhor as flores e plantas.

— Quem construiu essas pontes adoráveis? – perguntou a garotinha.

— Ninguém – respondeu o homem com a estrela. – Elas cresceram.

— Isso é estranho – disse Dorothy. – Na sua cidade, as casas de vidro cresceram também?

— É claro que sim – respondeu ele –, mas levou muitos anos para ficarem tão grandes e delicadas como estão agora. Por isso, ficamos com muita raiva quando a Chuva de Pedras caiu e quebrou as nossas torres e telhados.

— Vocês não podem consertá-los? – perguntou ela.

— Não, mas eles vão crescer novamente com o tempo, e precisamos esperar que isso aconteça.

Primeiro, eles passaram por muitos lindos jardins de flores, que cresciam mais perto da cidade; mas Dorothy não conseguia dizer de qual espécie elas eram, porque suas cores mudavam constantemente, conforme a incidência das diferentes luzes dos seis sóis. Uma flor podia ser cor-de-rosa por um segundo, branca no próximo, azul ou amarela em seguida; e o mesmo acontecia com as plantas, que tinham folhas largas e cresciam próximas ao chão.

Quando passaram por um campo gramado, Jim logo baixou a cabeça e começou a mordiscar.

— Em que belo país nós estamos, onde um cavalo respeitável é obrigado a comer grama rosa! – resmungou.

— É violeta – disse o Mágico, que estava na carruagem.

— Agora é azul – reclamou o cavalo. – Na verdade, estou comendo capim de arco-íris.

– Como é o gosto? – perguntou o Mágico.

– Não é ruim – respondeu Jim. – Se me derem bastante disso, não vou reclamar sobre a cor.

Naquele momento, eles chegaram em um campo recém-arado, e o Príncipe disse a Dorothy:

– Esta é a nossa plantação.

Muitos Mangaboos com espadas de vidro nas mãos se aproximaram e cavaram um buraco na terra. Então, colocaram as duas metades do Feiticeiro dentro, cobriram-no e borrifaram a terra com a água de um riacho trazida por outras pessoas.

– Logo ele vai brotar – disse o Príncipe – e um grande arbusto vai crescer. Em breve, poderemos colher feiticeiros muito bons.

– Todo o seu povo cresce em arbustos? – perguntou o menino.

– Certamente. De onde vocês vêm, do lado de fora da Terra, as pessoas não crescem em arbustos também?

– Não que eu tenha ouvido falar.

– Que estranho! Mas, se vierem comigo até um dos nossos jardins públicos, mostrarei como crescemos na Terra dos Mangaboos.

Aquele povo estranho, mesmo sendo capaz de caminhar pelo ar com facilidade, andava pelo chão normalmente. Não havia escadas em suas casas, porque não precisavam delas; mas, no nível do chão, em geral caminhavam como nós fazemos.

O pequeno grupo de estrangeiros agora seguia o Príncipe por mais algumas pontes de vidro e muitos caminhos, até chegarem a um jardim fechado por uma sebe alta. Jim recusou-se a deixar o campo de capim, onde estava muito ocupado comendo; por isso o Mágico desceu da carruagem e juntou-se a Zeb e Dorothy, seguidos de perto pela gatinha, que estava se comportando bem.

Dentro da sebe, encontraram fileiras e fileiras de plantas grandes e bonitas, com folhas largas que se curvavam graciosamente até suas pontas quase alcançarem o chão. No centro de cada planta, crescia um Mangaboo vestido de maneira muito delicada – porque as roupas dessas criaturas cresciam sobre elas, e já nasciam presas aos seus corpos.

Havia Mangaboos em todas as fases de crescimento: desde o desabrochar, que tinha acabado de dar origem a um bebezinho, até homens e mulheres adultos quase maduros. Em alguns arbustos, podia ser visto um broto, um botão, uma flor, um bebê, uma pessoa meio crescida ou já madura, mas mesmo aqueles prontos para serem colhidos estavam imóveis e em silêncio, como se estivessem desprovidos de vida. Depois de ver a plantação, Dorothy entendeu o porquê de não ter visto crianças entre os Mangaboos, um mistério que a incomodava até aquele momento.

— O nosso povo não adquire vida de verdade até que deixem os arbustos – disse o Príncipe. – Vocês podem perceber que todos estão presos às plantas pela sola do pé; e, quando estão completamente maduros, são separados de seus caules com facilidade, e de imediato recebem o poder da fala e da locomoção. Por isso, enquanto crescem, não podemos dizer que estejam mesmo vivos; e, para poderem tornar-se bons cidadãos, precisam ter sido colhidos.

— Por quanto tempo vocês vivem depois de colhidos? – perguntou Dorothy.

— Isso depende do cuidado que temos com nós mesmos – respondeu ele. – Se permanecermos frescos e hidratados e não acontecer nenhum acidente conosco, costumamos viver por cinco anos. Eu fui colhido há mais de seis, mas a nossa família é muito conhecida pela longevidade.

— Vocês comem? – perguntou o menino.

— Comer? Na verdade, não. Nós somos completamente sólidos por dentro e não temos a necessidade de comer, igual a uma batata.

— Mas batatas às vezes brotam — disse Zeb.

— E nós também, às vezes; mas isso é considerado um grande azar, porque nesse caso precisamos ser plantados imediatamente — retrucou o Príncipe.

— Onde Vossa Alteza cresceu? — indagou o Mágico.

— Vou mostrar — respondeu o outro. — Venham por este caminho, por favor.

Ele guiou-os por dentro de outro círculo de sebe, só que menor, onde crescia um grande e belo arbusto.

— Este é o Arbusto Real dos Mangaboos — afirmou. — Todos os nossos príncipes e governantes têm crescido deste único arbusto desde o princípio dos tempos.

Todos permaneceram diante do arbusto, admirando-o em silêncio. Na haste central, havia a figura de uma garota pronta, perfeitamente formada e colorida. A expressão de suas delicadas feições era tão deslumbrante que Dorothy pensou que nunca tinha visto uma criatura tão doce e adorável em toda a sua vida. O vestido da moça era macio como cetim e caía ao redor dela em amplas pregas, enquanto a rendilha enfeitava o corpete e as mangas. O seu corpo era delicado e liso como marfim polido, e sua elegância expressava dignidade e graça.

— Quem é ela? — perguntou o Mágico, com curiosidade.

O Príncipe olhava fixamente para a moça no arbusto. Ele respondeu com uma nota de desconforto na voz fria:

— Ela é a governante destinada a ser a minha sucessora: é a Princesa Real. Quando completar o amadurecimento, eu devo entregar a ela a soberania do Reino dos Magaboos.

— Ela já não está madura? — perguntou Dorothy.

Ele hesitou.

— Não completamente — disse ele, por fim. — Ainda levará muitos dias até que ela possa ser colhida, ou pelo menos é o que eu acho. Não tenho pressa em abdicar do meu ofício e ser enterrado, pode ter certeza.

— É claro que não — concordou o Mágico, balançando a cabeça.

— Esta é uma das coisas mais desagradáveis em nossas vidas de vegetal — continuou o Príncipe, suspirando. — Quando estamos no auge de nossas vidas, devemos abrir espaço para outro e ser cobertos de terra, para brotar e dar origem a outras pessoas.

— Eu tenho certeza de que a Princesa está pronta para ser colhida — afirmou Dorothy, que não conseguia parar de admirar a bela moça no arbusto. — Ela já atingiu o máximo grau de perfeição.

– Não mesmo! – respondeu o Príncipe apressadamente. – Ela estará madura dentro de alguns dias, e é melhor que eu continue governando até desfazer-me de vocês, estrangeiros, que vieram à nossa terra sem serem convidados! Este problema que precisa ser resolvido de uma vez por todas!

– O que Vossa Alteza fará conosco? – perguntou Zeb.

– Ainda não me decidi – respondeu ele. – Eu pretendo ficar com este mágico até que um novo feiticeiro esteja pronto para ser colhido, porque ele parece bastante habilidoso e pode ser útil para nós. Mas o resto de vocês deve ser destruído de algum jeito. Vocês não podem ser enterrados, porque eu não gostaria que cavalos, gatos e pessoas de carne e osso começassem a crescer por todo o nosso país.

– Vossa Alteza não precisa se preocupar com isso – disse Dorothy. – Eu tenho certeza de que não cresceríamos embaixo da terra.

– Mas por que destruir os meus amigos? – perguntou o pequeno Mágico. – Por que não os deixa viver?

– Porque eles não pertencem a este lugar – respondeu o Príncipe. – Eles não têm nenhum direito de estar nesta terra.

– Nós não pedimos para descer até aqui, nós caímos – disse Dorothy.

— Isso não é desculpa – declarou o Príncipe, com frieza.

As crianças entreolharam-se perplexas, e o Mágico suspirou. Eureka esfregou a patinha no rosto e disse em voz suave, ronronando:

— Ele não precisará me destruir. Se eu não conseguir algo para comer logo, vou definhar e morrer de fome, poupando-o do trabalho de me enterrar.

— Se ele a enterrasse, poderia fazer nascer algumas plantas rabo-de-gato – sugeriu o Mágico.

— Ah, Eureka, talvez possamos encontrar algumas semente de leite para você comer. – disse o menino.

— Eca! – rosnou a gatinha. – Eu não vou encostar nessas coisas nojentas!

— Você não precisa de leite, Eureka – comentou Dorothy. – Agora você já é grande o suficiente para comer qualquer tipo de comida.

— *Se* eu conseguir comida – acrescentou Eureka.

— Eu também estou com fome – disse Zeb –, mas percebi que tem alguns morangos crescendo em um dos jardins e alguns melões em outro lugar. Essas pessoas não comem essas coisas, então talvez, no nosso caminho de volta, nos deixem pegá-los.

– Esqueçam a fome! – interrompeu o Príncipe. – Eu vou ordenar que vocês sejam destruídos em alguns minutos, por isso vocês não precisam arruinar os nossos belos meloeiros e morangueiros. Sigam-me, por favor, para encontrar o seu destino.

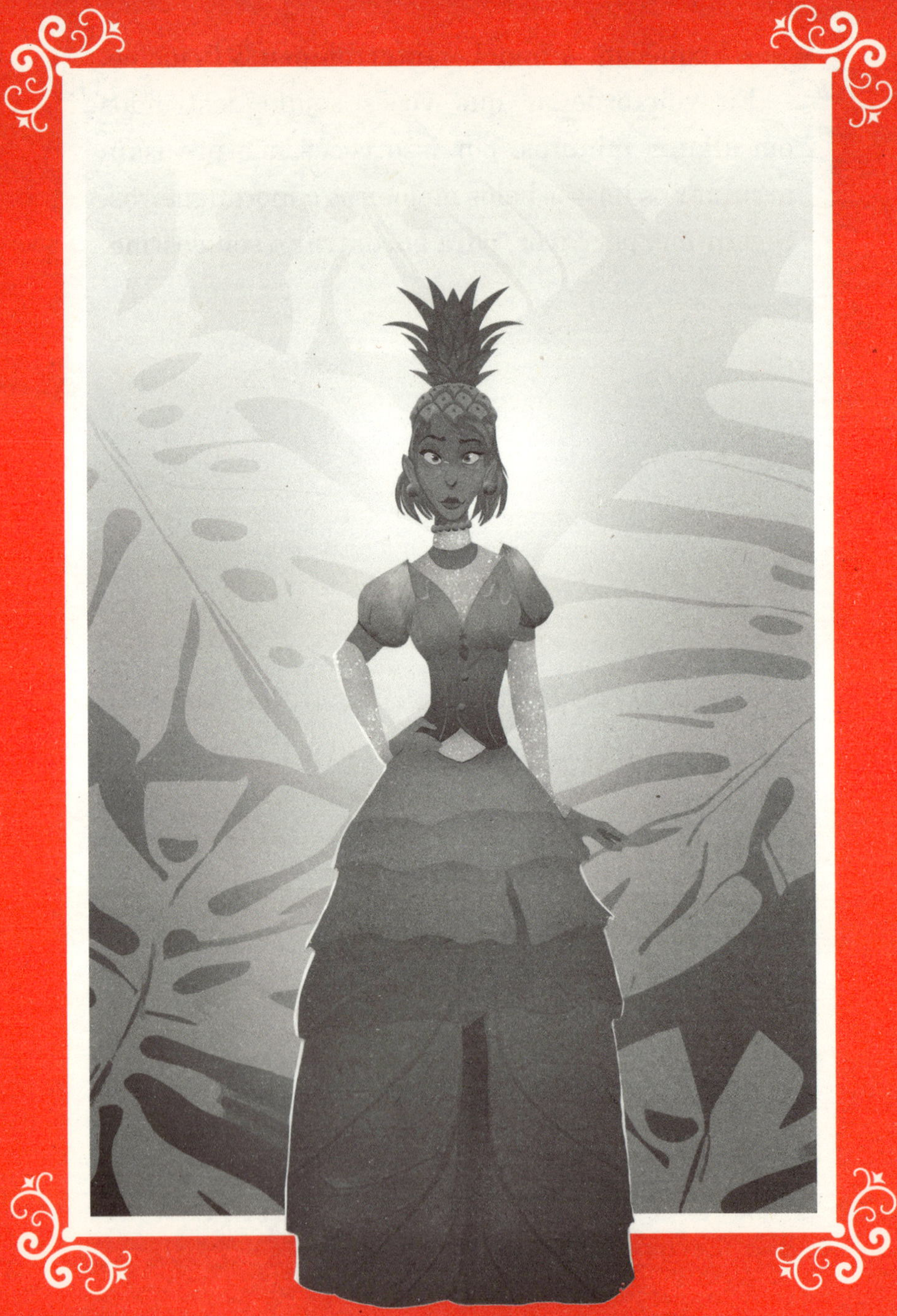

5.
Dorothy colhe a Princesa

As palavras do frio e úmido Príncipe dos Vegetais não eram nada confortantes e, assim que as proferiu, ele virou-se e saiu da sebe. As crianças, sentindo-se tristes e desanimadas, estavam prestes a segui-lo quando o Mágico tocou suavemente no ombro de Dorothy.

– Espera! – sussurrou ele.

– Por quê? – perguntou a menina.

– Acho que devemos colher a Princesa Real – disse o Mágico. – Eu tenho certeza de que ela está madura e, assim que receber vida, será a nova governante. Ela pode nos tratar melhor do que esse Príncipe sem coração.

— Tudo bem! — exclamou Dorothy, ansiosa. — Vamos colhê-la enquanto temos chance, antes que o homem com a estrela volte.

Então, os dois se inclinaram sobre o grande arbusto e cada um deles pegou uma das mãos da adorável Princesa.

— Puxe! — gritou Dorothy e, conforme puxavam, a Princesa inclinou-se na direção deles e os caules romperam-se, soltando os seus pés. Ela não era nem um pouco pesada, por isso o Mágico e Dorothy conseguiram colocá-la em pé suavemente.

A bela criatura passou as mãos pelos olhos por um instante, ajeitou uma mecha de cabelo que tinha saído do lugar e, depois de olhar em volta do jardim, fez uma graciosa reverência às pessoas presentes, dizendo com uma voz doce, mas sem variações:

— Eu estou muito agradecida.

— Nós saudamos Vossa Alteza Real! — gritou o Mágico, ajoelhando-se e beijando a mão dela.

Nesse momento, ouviram a voz do Príncipe mandando que eles se apressassem, e pouco depois o homem voltou à sebe seguido por um grupo de pessoas.

Imediatamente, a Princesa virou-se e encarou-o; e, quando o Príncipe viu que ela tinha sido colhida, ficou paralisado e começou a tremer.

— Cavalheiro — disse a Princesa com muita dignidade —, o senhor cometeu uma grande injustiça para comigo, e teria me prejudicado ainda mais se esses estrangeiros não tivessem me resgatado. Há uma semana, eu já estava pronta para ser colhida; mas por causa do seu egoísmo e desejo de continuar o seu governo ilegítimo, o senhor deixou-me em silêncio dentro do meu arbusto.

— Eu não sabia que a senhora estava madura — respondeu o Príncipe, em voz baixa.

— Entregue-me a Estrela da Realeza! — ordenou ela.

Devagar, ele tirou a estrela brilhante da própria testa e colocou-a na cabeça da Princesa. Logo todo o povo fez uma reverência para ela, enquanto o Príncipe virou-se e foi embora sozinho. O que aconteceu com ele depois, os nossos amigos jamais souberam.

O povo Mangaboo marchou em direção à cidade de vidro para escoltar a Princesa até o palácio e preparar as cerimônias próprias da ocasião. Mas, enquanto o povo seguia em procissão com os pés no chão, a Princesa caminhava pelo ar, logo acima de suas cabeças, para mostrar que ela era um ser superior e estava acima dos seus súditos.

Ninguém mais parecia prestar atenção nos estrangeiros; por isso Dorothy, Zeb e o Mágico deixaram a caravana passar e seguiram sozinhos pelos jardins de vegetais. Eles não se preocupavam em atravessar as pontes sobre os riachos; porque, quando chegavam a um rio, pisavam no ar e caminhavam até o outro lado, por cima dele. Aquela era uma experiência muito interessante para eles, e Dorothy comentou:

— Eu gostaria de saber como é possível caminharmos no ar com tanta facilidade.

— Talvez seja porque estamos próximos do centro da Terra, onde a atração da gravidade é muito menor — respondeu o Mágico. — Mas eu percebi que muitas coisas estranhas acontecem em países de fadas.

— Este é um país de fadas? — perguntou o menino.

— É claro que é — respondeu Dorothy. — Só um país de fadas poderia ter pessoas vegetais, e só em um país de fadas Eureka e Jim poderiam falar como nós.

— Isso é verdade — disse Zeb, pensativo.

Nos jardins de vegetais, eles encontraram morangos, melões, e muitas outras frutas desconhecidas, mas deliciosas, as quais comeram até ficarem satisfeitos. A gatinha, porém, passou o tempo todo incomodando-os, pedindo leite e carne, chamando o Mágico de nomes feios porque ele não conseguia de jeito nenhum invocar um pratinho de leite para ela com mágica.

Enquanto estavam sentados na grama, observando Jim, que estava muito ocupado comendo, Eureka falou:

— Eu não acredito que você é um mágico!

— É – respondeu o homenzinho. – Você tem toda razão. No sentido estrito da palavra, eu não sou mágico, apenas um charlatão.

— O Mágico de Oz sempre foi um charlatão – concordou Dorothy. – Eu o conheço há muito tempo.

— Se isso é verdade, como conseguiu fazer aquele truque incrível com os nove leitõezinhos? – perguntou o menino.

— Não sei – falou Dorothy. – Mas deve ter sido uma charlatanice.

— Você tem razão – declarou o Mágico, concordando com ela. – Era necessário enganar aquele Feiticeiro feioso, o Príncipe e o seu povo estúpido, mas eu não me importo em contar a vocês, que são meus amigos, que aquilo foi apenas um truque.

— Mas eu vi os leitõezinhos com os meus próprios olhos! – exclamou Zeb.

— Eu também — ronronou a gatinha.

— Na verdade — respondeu o Mágico —, vocês os viram porque eles estavam lá. Os leitõezinhos estão aqui dentro do bolso interno do meu colete. Porém, a parte de separá-los e juntá-los de novo foi apenas um truque de mágica.

— Mostre os leitõezinhos! — disse Eureka, ansiosa.

O homenzinho pôs a mão no bolso interno do colete e tirou os leitõezinhos, colocando-os um por um na grama, onde começaram a correr e mordiscar as tenras folhas.

— Eles também estão com fome — disse ele.

— Ah, que espertinhos! — gritou Dorothy, pegando um e fazendo carinho nele.

— Cuidado! — disse o leitãozinho, guinchando. — Você está me apertando!

— Minha nossa! — murmurou o Mágico, olhando assombrado para os animaizinhos. — Eles também falam!

— Eu posso comer um deles? — suplicou a gatinha. — Eu estou com uma fome terrível.

— Que feio, Eureka! — falou Dorothy, em tom de censura. — Que pergunta cruel! Seria terrível comer um desses fofinhos.

— Eu que deveria dizer isso! — grunhiu outro leitãozinho, olhando desconfortável para a gatinha. — Gatos são criaturas cruéis.

— Eu não sou cruel — respondeu a gatinha, bocejando. — Só estou com fome.

— Você não pode comer um dos meus leitõezinhos, mesmo que esteja morrendo de fome — declarou o homenzinho, sério. — Eles são a única coisa que tenho para provar que sou mágico.

— Por que eles são tão pequenos? — perguntou Dorothy. — Eu nunca tinha visto porquinhos tão pequenos antes.

— Eles são da Ilha de Teenty-Weent — respondeu Oz. — Lá tudo é pequeno, porque é uma ilha pequena. Um marinheiro levou-os para Los Angeles e os deu para mim em troca de nove ingressos para o circo.

— Mas o que eu vou comer? — lamentou a gatinha, sentando-se na frente de Dorothy e olhando nos olhos da menina com olhinhos suplicantes. — Não tem nenhuma vaca aqui para dar leite, nem ratos, nem mesmo gafanhotos. E já que eu não posso comer os leitõezinhos, você pode me enterrar de uma vez e fazer crescer unha-de-gato.

— Eu tenho uma ideia — disse o mágico. — Nesses riachos, deve ter peixe. Você gosta de peixe?

— Peixe! — gritou a gatinha. — Se eu gosto? Nossa, eles são melhores que leitõezinhos... e até mesmo leite!

– Então, eu vou tentar pegar alguns – respondeu Oz.

– Mas eles não vão ser vegetais, igual a tudo aqui?

– Eu acho que não. Apesar de serem animais, peixes são tão frios e úmidos como os próprios vegetais. Não vejo razões para não haver peixes nas águas deste país estranho.

Então o Mágico entortou um alfinete para fazer de anzol, e pegou um longo pedaço de fio do bolso para fazer de linha de pescar. A única isca que conseguiu encontrar foi o botão vermelho brilhante de uma flor. Como ele sabia que peixes são fáceis de enganar e que qualquer coisa brilhante pode atrair a sua atenção, ele decidiu tentar usar o botão de flor. Depois de jogar a ponta da linha na água de um riacho próximo, ele logo sentiu um forte puxão, o que sinalizava que um peixe tinha mordido a isca e ficado preso pelo alfinete torto. Assim, o homenzinho puxou a linha (realmente o peixe veio junto), colocou-o na beira do riacho, e o animal começou a debater-se com grande agitação.

O peixe era gordo e redondo, e suas escamas brilhavam como um tesouro de lindas joias. Mas não deu tempo de examiná-lo de perto, porque Eureka pulou, pegou-o entre as garras e, em poucos momentos, o peixe desapareceu.

— Mas Eureka! – gritou Dorothy. – Você comeu as espinhas?

— Se tinha espinha, eu comi — respondeu a gatinha tranquilamente, enquanto lavava o focinho depois da refeição. — Mas não acho que esse peixe tinha, porque não senti nenhuma arranhando a garganta.

— Você foi muito esganada — disse a menina.

— Eu estava com muita fome — respondeu a gatinha.

Os leitõezinhos ficaram amontoados uns sobre os outros observando aquela cena, com olhinhos assustados.

— Gatos são criaturas terríveis! – disse um deles.

— Estou feliz por não sermos peixes! – falou outro.

— Não se preocupem — murmurou Dorothy, reconfortando-os. — Eu não vou deixar a gatinha machucar vocês.

Então ela lembrou que, em um canto da mala, havia um ou dois biscoitos que sobraram de sua refeição no trem, e foi até a carruagem buscá--los. Eureka torceu o nariz para a comida, mas os leitõezinhos guincharam radiantes diante dos biscoitos e comeram todos em um piscar de olhos.

— Agora vamos voltar para a cidade — sugeriu o Mágico. — Isso se Jim já tiver comido o suficiente da grama rosa.

O cavalo de charrete, que estava explorando por perto, levantou a cabeça com um suspiro.

— Eu tentei comer bastante enquanto tive chance, porque é provável que o intervalo entre as refeições seja muito longo neste país estranho. Estou pronto para ir a qualquer momento em que desejarem.

Então, depois que o Mágico colocou os leitõezinhos dentro do bolso, onde eles logo se aconchegaram e adormeceram, todos subiram na carruagem, e Jim começou o caminho de volta para a cidade.

— Onde ficaremos? — perguntou a menina.

— Acho que vou tomar a posse da Casa do Feiticeiro — respondeu o Mágico — porque o Príncipe disse, na presença do povo, que a manteria comigo até que colhessem outro feiticeiro, e a nova Princesa não saberá que pertencemos à superfície.

Eles concordaram com o plano; e, quando chegaram à grande praça, Jim puxou a carruagem passando pela grande porta do salão abobadado.

— Esse lugar não se parece com uma casa — disse Dorothy olhando em volta do cômodo vazio. — De qualquer forma, é um lugar para ficar.

— O que são aqueles buracos lá em cima? — perguntou o menino, apontando para algumas aberturas que apareciam no alto do domo.

– Parecem ser entradas – disse Dorothy. – Mas não temos uma escada para chegar até lá.

– Você esqueceu que não precisamos de escadas – observou o Mágico. – Vamos até lá e ver para onde essas entradas levam.

Dizendo isso, ele começou a andar no ar em direção às aberturas no domo, seguido por Dorothy e Zeb. Era a mesma experiência de subir uma colina; eles estavam quase sem fôlego quando chegaram à fileira de aberturas, e perceberam que eram passagens, conduzindo a corredores na parte superior da casa. Seguindo por esses corredores, descobriram que eles levavam a muitos quartos pequenos, alguns mobiliados com bancos, mesas e cadeiras de vidro. No entanto, não havia nenhuma cama.

– Gostaria de saber se essas pessoas dormem – comentou a menina.

– Bom, parece que não anoitece neste país – respondeu Zeb. – Esses sóis coloridos continuam exatamente no mesmo lugar em que estavam, no momento da nossa chegada. E se não existe pôr do sol, não pode haver noite.

– É verdade – concordou o Mágico –, mas faz muito tempo que não durmo. Estou cansado. Acho que vou me deitar em um desses bancos duros de vidro e tirar uma soneca.

– Eu também vou – disse Dorothy, que havia escolhido um quarto pequeno no fim do corredor.

Zeb foi até o andar de baixo para tirar o arreio de Jim. O animal, ao ver-se livre, rolou algumas vezes e acomodou-se para dormir, com Eureka confortavelmente aninhada ao lado do seu grande corpo ossudo. Depois o menino voltou para um dos quartos do andar de cima e, apesar da dureza do banco de vidro, deitou-se sobre ele e logo estava em um profundo mergulho na terra dos sonhos.

6.
OS MANGABOOS REVELAM-SE PERIGOSOS

Quando o Mágico acordou, os seis sóis coloridos continuavam brilhando na Terra dos Mangaboos do mesmo jeito como estiveram desde que havia chegado. Ele sentia-se descansado e renovado depois de uma boa noite de sono e, ao olhar por uma divisória de vidro do quarto, viu Zeb sentando-se no banco e bocejando. O Mágico foi até ele.

— Zeb, o meu balão não tem mais utilidade neste país estranho, por isso pode muito bem ficar na praça onde caiu. Mas tem algumas coisas no cesto que eu gostaria de manter comigo. Eu gostaria que você pegasse a minha bolsa-carteiro, duas lamparinas e uma lata de querosene que está embaixo do assento. Não me importo com mais nada que estiver lá.

O menino foi prontamente cumprir a tarefa e, quando retornou, Dorothy já estava acordada. Então, os três fizeram uma reunião para decidir o que deveriam fazer a seguir, mas não conseguiam pensar em como melhorar as suas condições.

– Eu não gosto dessas pessoas vegetais – disse a garotinha. – Eles são frios e moles como couve, apesar de serem muito bonitos.

– Eu concordo com você. É porque eles não têm sangue quente dentro deles – comentou o Mágico.

– E não têm coração também, por isso não amam ninguém... nem a eles mesmos – declarou o menino.

– A Princesa é adorável de se olhar – continuou Dorothy, pensativa –, mas depois de tudo, não me importo muito com ela. Se houver qualquer outro lugar para onde ir, eu gostaria de ir embora.

– Mas existe outro lugar? – perguntou o Mágico.

– Não sei – respondeu ela.

Logo em seguida, ouviram Jim, o cavalo de charrete, chamando por eles com sua voz grossa;

e, quando foram até a entrada que levava ao salão, encontraram a Princesa junto com todo o povo dentro da Casa do Feiticeiro.

Então, desceram para cumprimentar a bela dama vegetal, que lhes disse:

— Eu estive conversando com os meus conselheiros sobre vocês, pessoas de carne, e decidimos que vocês não pertencem à Terra dos Mangaboos; por isso, não podem permanecer aqui.

— Como podemos ir embora? – perguntou Dorothy.

— Ah, mas é claro que vocês não podem ir embora; por isso devem ser destruídos – respondeu a Princesa.

— Como assim? – o Mágico quis saber.

— Vocês três, que são pessoas de carne, serão atirados no Jardim das Trepadeiras. Então elas vão esmagá-los e devorá-los, para crescerem e ficarem fortes – disse a Princesa. – Os animais serão levados para as montanhas e abandonados na Caverna Escura. Assim, o nosso país ficará livre de todos os visitantes indesejados.

— Mas vocês precisam de um feiticeiro – disse o Mágico – Nenhum dos que estão crescendo em sua plantação está maduro o suficiente para ser colhido. Eu sou melhor do que qualquer feiticeiro espinhento que já brotou em seu jardim. Por que me destruir?

— É verdade que precisamos de um feiticeiro — a Princesa reconheceu. — Porém, fui informada de que um dos nossos estará pronto para ser colhido em alguns dias para assumir o lugar de Gwig, que foi cortado ao meio antes do tempo para ser plantado. Mostre-nos as artes e as feitiçarias que você é capaz de fazer, e então decidirei se o destruirei com os outros ou não.

Ao ouvir aquilo, o Mágico fez uma reverência para o povo e repetiu o truque de fazer aparecer os nove leitõezinhos e fazê-los desaparecer de novo. Ele fez isso com muita sagacidade; de fato, a Princesa olhava para os estranhos leitõezinhos como se estivesse realmente impressionada, como qualquer outra pessoa vegetal poderia estar. Depois da apresentação, porém, ela disse:

— Eu ouvi falar sobre essa mágica incrível, mas ela não serve para nada. O que mais você consegue fazer?

O Mágico pensou por um momento. Então, juntou as lâminas de sua espada e equilibrou-a com muita habilidade na ponta do nariz, mas nem mesmo isso satisfez a Princesa.

Nesse momento, ele avistou as lamparinas e a lata de querosene que Zeb havia trazido do cesto do balão, e teve uma ideia sagaz envolvendo aqueles objetos tão comuns.

— Vossa Alteza, agora provarei a minha mágica ao criar dois sóis que vocês jamais viram antes. Também apresentarei um destruidor muito mais terrível do que as suas trepadeiras.

Então, ele colocou Dorothy ao seu lado e o menino do outro, e posicionou uma lamparina sobre a cabeça de cada um deles.

— Não riam, ou estragarão o efeito da minha mágica – sussurrou para as crianças.

Então, com muita dignidade e um ar de grande importância sobre o rosto enrugado, o Mágico pegou a caixa de fósforos e acendeu as duas lamparinas. Elas iluminavam muito pouco, quando comparadas ao resplendor dos seis grandes sóis coloridos; mas, ainda assim, tinham um brilho constante e evidente. Os Mangaboos estavam ficaram impressionados, porque nunca tinham visto antes qualquer luz que não viesse diretamente dos sóis.

Em seguida, o Mágico derramou um pouco do querosene no chão de vidro até cobrir uma área relativamente grande. Quando ateou fogo no combustível, centenas de labaredas subiram em um efeito impressionante.

— Agora, Princesa – falou o Mágico –, aqueles conselheiros que desejam nos atirar no Jardim das Trepadeiras devem entrar neste círculo de luz.

Se a aconselharam bem e estiverem certos, não sofrerão qualquer dano; mas, se a aconselharam mal, a luz irá fazê-los murchar.

Os conselheiros da Princesa não gostaram do teste; mas ela ordenou que eles adentrassem no círculo de chamas. Eles entraram um por um, e logo ficaram tão queimados que o ar ficou impregnado por um forte aroma de batatas assadas. Alguns Mangaboos desmaiaram e tiveram que ser arrastados para longe do fogo, e todos estavam tão murchos que era preciso plantá-los o mais rápido possível.

— Cavalheiro, o senhor é mais poderoso do que qualquer feiticeiro que já conhecemos — disse a Princesa ao Mágico. — Como é evidente que o meu povo me aconselhou mal, eu não jogarei as três pessoas no terrível Jardim das Trepadeiras; porém os seus animais devem ser levados até a Caverna Escura na montanha, porque os meus súditos não suportam tê-los por perto.

O Mágico ficou tão feliz por ter conseguido salvar as duas crianças e a si mesmo que não disse nada contra aquele decreto; mas, quando a Princesa foi embora, Jim e Eureka protestaram porque não queriam ir para a Caverna Escura, e Dorothy prometeu aos dois que faria tudo o que pudesse para salvá-los daquele destino.

Durante dois ou três dias depois do episódio – se é que podemos chamar de dias os períodos entre as sonecas, porque não havia noite para dividir as horas do dia –, os nossos amigos não foram nem um pouco perturbados. Eles até receberam permissão para ocuparem a Casa do Feiticeiro em paz, como se fosse deles, e podiam caminhar pelos jardins em busca de comida.

Em certa ocasião, chegaram perto do misterioso Jardim das Trepadeiras e caminharam alto pelo ar, olhando para baixo com muito interesse. Viram um amontanhado de trepadeiras verdes e fortes, todas enroscadas, contorcendo-se e entrelaçando-se como um grande ninho de cobras. As trepadeiras esmagavam tudo o que tocavam, e os nossos aventureiros ficaram muito gratos por terem escapado daquele destino.

Sempre que o Mágico ia dormir, ele tirava os nove leitõezinhos do bolso e deixava-os correr pelo chão do quarto para se divertirem e fazerem algum exercício. Um dia, eles encontraram a porta de vidro do quarto aberta, caminharam pelo corredor e chegaram à parte de baixo da grande abobóda, andando pelo ar com tanta facilidade quanto Eureka. Eles já não tinham medo da gatinha; por isso correram para onde ela estava deitada, ao lado de Jim, e começaram a pular, correr e brincar com ela.

O cavalo de charrete, que nunca dormia por muito tempo, sentou-se sobre as patas traseiras e, com muita satisfação, observava os leitõezinhos e a gatinha brincando.

— Não seja tão bruta! — avisava ele, quando Eureka derrubava com a pata um dos redondos e gordinhos leitõezinhos; mas eles mesmos não se importavam, e gostavam muito da brincadeira.

Ao olharem para cima, de repente viram o cômodo cheio de silenciosos Mangaboos, com olhares solenes. Cada pessoa vegetal carregava um galho coberto por espinhos afiados, que brandiam com violência tentando espetar o cavalo, a gatinha e os leitõezinhos.

— Ei... parem com essa tolice! — rugiu Jim, furioso. Depois de ter sido espetado uma ou duas vezes, porém, levantou-se e conseguiu escapar do alcance dos espinhos.

Os Mangaboos se juntaram em um sólido semicírculo e avançaram contra eles, mas deixaram um caminho livre para a porta do corredor. Assim, os animais recuaram lentamente até serem expulsos da sala e empurrados para a rua. Do lado de fora, havia mais pessoas vegetais armadas com espinhos; e silenciosamente elas foram impelindo, rua abaixo, as agora assustadas criaturas. Jim precisou ter cuidado para não pisar nos leitõezinhos, que estavam amontoados embaixo dele grunhindo e guinchando, enquanto Eureka rosnava e mordia os espinhos empurrados em sua direção, também tentando proteger as lindas coisinhas de serem machucadas.

Lentos, porém decididos, os Mangaboos sem coração empurraram os animais até atravessarem a cidade e os jardins, e chegarem à vasta planície que conduzia à montanha.

— Afinal, o que significa tudo isso? — perguntou o cavalo, pulando para escapar de um espinho.

— Ué, estão nos levando em direção à Caverna Escura, onde ameaçaram nos jogar — respondeu a gatinha. — Se eu fosse grande como você, Jim, eu lutaria contra essas raízes-de-batata horríveis!

— O que você faria? — perguntou Jim.

— Eu daria um coice neles com essas longas patas e ferraduras.

— Está certo. Eu farei isso — disse o cavalo.

Um instante depois, ele recuou em direção à multidão de Mangaboos e deu os coices mais fortes que conseguia com as patas traseiras. Dúzias dos habitantes foram esmagados e caíram no chão.

Ao ver o resultado, Jim dava mais e mais coices, atacando a multidão de vegetais, derrubando-os para todo lado e dispersando outros, que fugiam das ferraduras. Eureka ajudava, voando nos rostos dos inimigos, arranhando-os e mordendo-os furiosamente. Ela arruinou tantos rostos de vegetais que os Mangaboos ficaram com tanto medo dela quanto do cavalo.

Porém, os inimigos eram tão numerosos que não podiam ser detidos por muito tempo. Jim e Eureka estavam exaustos e, embora o campo de batalha estivesse coberto por uma camada espessa de Mangaboos amassados e incapacitados, nossos amigos animais foram finalmente obrigados a se render, e levados como prisioneiros para a montanha.

7.
A CAVERNA ESCURA

Quando chegaram à montanha, os animais perceberam que se tratava de um penhasco muito alto e irregular, feito de vidro verde-escuro, que parecia sombrio e extremamente ameaçador. Um pouco acima da parte íngreme, havia uma caverna imensa, escura como a noite, onde os coloridos raios solares não conseguiam chegar.

Os Mangaboos conduziram o cavalo, a gatinha e os leitõezinhos para dentro daquela caverna escura, empurraram a carruagem (que alguns deles vieram puxando por todo o caminho, desde a

Casa do Feiticeiro) e depois começaram a empilhar grandes pedras de vidro para tampar a entrada e impedir os prisioneiros de saírem.

— Isso é assustador! — lamentou Jim. — Eu acho que será o fim das nossas aventuras.

— Se o Mágico estivesse aqui, não nos deixaria sofrer tanto — disse um dos leitõezinhos, soluçando amargamente.

— Devíamos ter chamado o Mágico e Dorothy quando começamos a ser atacados — acrescentou Eureka. — Esqueçam isso e sejam corajosos, meus amigos. Eu vou avisar aos nossos tutores sobre o que aconteceu, e vou trazê-los para resgatar vocês.

A entrada da caverna estava quase completamente tampada naquele momento, mas a gatinha saltou através da última abertura e saiu correndo pelo ar, a toda velocidade. Os Mangaboos a avistaram fugir e muitos deles pegaram os galhos cobertos de espinhos e começaram a persegui-la, também correndo no ar. Só que os Mangaboos alcançavam apenas uns trinta metros acima do chão, enquanto Eureka, por ser bem mais leve, alcançava quase sessenta e um metros. Assim, ela seguiu correndo muito acima de suas cabeças, até que eles ficaram para trás e ela conseguiu alcançar a cidade e a Casa do Feiticeiro. A gatinha entrou pela janela do quarto de Dorothy e a acordou.

Assim que soube do que tinha acontecido, a menina acordou o Mágico e Zeb, que logo começaram a se preparar para resgatar Jim e os leitõezinhos. O Mágico pegou a bolsa-carteiro, que era muito pesada, e Zeb apanhou as duas lamparinas e a lata de querosene. A mala de vime de Dorothy ainda estava embaixo do assento da carruagem, e por sorte o menino tinha guardado o arreio no veículo quando o tirou de Jim, para que o animal descansasse. Por isso, não havia nada para Dorothy carregar além da gatinha, que ela segurava contra o peito tentando confortá-la, porque o coraçãozinho de Eureka ainda estava batendo muito rápido.

Alguns Mangaboos viram quando eles deixaram a Casa do Feiticeiro; mas, ao perceber que estavam indo em direção da montanha, o povo vegetal permitiu que continuassem, sem interferir, apenas seguindo-os de perto, para que não voltassem mais. Logo se aproximaram da Caverna Escura, onde uma multidão de Mangaboos, liderados pela Princesa, estavam ocupados empilhando pedras de vidro na entrada.

– Eu ordeno que vocês parem! – gritou o Mágico furioso, imediatamente começando a puxar as pedras para libertar Jim e os leitõezinhos. Em vez de impedirem, os Mangaboos afastaram-se em silêncio até o Mágico abrir um buraco de bom tamanho na barreira. Naquele exato momento, a Princesa deu uma ordem e todos os Mangaboos correram, empunhando seus galhos cobertos de espinhos afiados e espetando os nossos amigos.

Dorothy pulou para dentro da caverna para não ser atingida pelos espinhos; enquanto Zeb e o Mágico, depois de aguentarem algumas espetadas, ficaram felizes em segui-la. De repente, os Mangaboos começaram a empilhar as pedras de vidro de novo e, quando o homenzinho percebeu que estavam prestes a ser sepultados na montanha, disse às crianças:

— Meus queridos, o que devemos fazer? Sair e lutar?

— Para quê? – perguntou Dorothy. – Prefiro morrer aqui a viver mais um só dia entre essas pessoas cruéis e sem coração.

— Eu também – comentou Zeb, esfregando os machucados. – Não aguento mais os Mangaboos.

— Está bem – disse o Mágico. – Estou com vocês, e concordo com o que decidirem; mas não podemos viver muito tempo nesta caverna, isso é certo.

Percebendo que a luz se enfraquecia, o Mágico pegou os nove leitõezinhos com muito amor, fez um carinho na cabeça gordinha de cada um deles e guardou-os cuidadosamente dentro do seu bolso interno.

Zeb riscou um fósforo e acendeu uma das lamparinas, porque já não era mais possível ver os raios solares coloridos, uma vez que as últimas frestas na parede de pedras de vidro haviam sido preenchidas, separando a prisão deles da Terra do Mangaboos.

– Qual é o tamanho desta caverna? – perguntou Dorothy.

– Vou explorar e ver – falou o menino.

Então, ele pegou uma lamparina e andou uma boa distância, seguido por Dorothy e o Mágico. Diferentemente do que tinham pensado, a caverna parecia não ter fim; havia uma ladeira que subia pela grande montanha de vidro, seguindo por uma direção que prometia levá-los para o lado oposto ao país dos Mangaboos.

– Este caminho não é ruim – observou o Mágico. – Seguindo por ele, podemos ir parar em algum lugar mais confortável que este espaço escuro. Eu acho que essas pessoas vegetais sempre tiveram medo de entrar nesta caverna por ser escura, mas nós temos as lamparinas para iluminar o percurso; por isso proponho começarmos a jornada para descobrir aonde este túnel na montanha nos levará.

Os outros concordaram prontamente com aquela sugestão tão sensata, e logo o menino colocou o arreio no Jim para puxar a carruagem. Quando tudo estava pronto, os três tomaram os seus lugares na carruagem, e Jim começou a percorrer o caminho com cuidado. Zeb segurava as rédeas, enquanto o Mágico e Dorothy erguiam as lamparinas acesas para que o cavalo conseguisse ver por onde ia.

Em alguns momentos, o túnel ficava tão estreito que as rodas da carruagem raspavam contra a parede; e às vezes o caminho se tornava tão largo quanto uma avenida. O chão era liso, no geral, e por um longo tempo eles viajaram sem qualquer problema. Jim parava algumas vezes para descansar, porque a subida era muito íngreme e cansativa.

— Agora devemos estar quase na mesma altura que os seis sóis coloridos – disse Dorothy. – Eu não sabia que a montanha era tão alta.

— Com certeza estamos a uma boa distância da Terra dos Mangaboos. Pois, desde que começamos, temos subido a ladeira em uma direção oposta à entrada – acrescentou Zeb.

Eles continuaram seguindo e, quando Jim estava quase exausto da longa jornada, de repente o caminho começou a clarear, e Zeb apagou as lamparinas para economizar querosene.

Para a alegria dos viajantes, era uma luz branca que agora os saudava. Eles já estavam cansados de todas aquelas luzes coloridas que, depois de algum tempo, faziam seus olhos doerem com a constante mudança de cores. As paredes do túnel, que agora conseguiam ver, pareciam o interior de uma longa luneta; e o chão passou a ficar mais nivelado, não era mais uma subida. Jim apressou o passo, na esperança de conseguir um alívio depois de ter caminhado por tanto tempo no escuro. Pouco tempo depois, saíram da montanha e viram-se em um novo e encantador país.

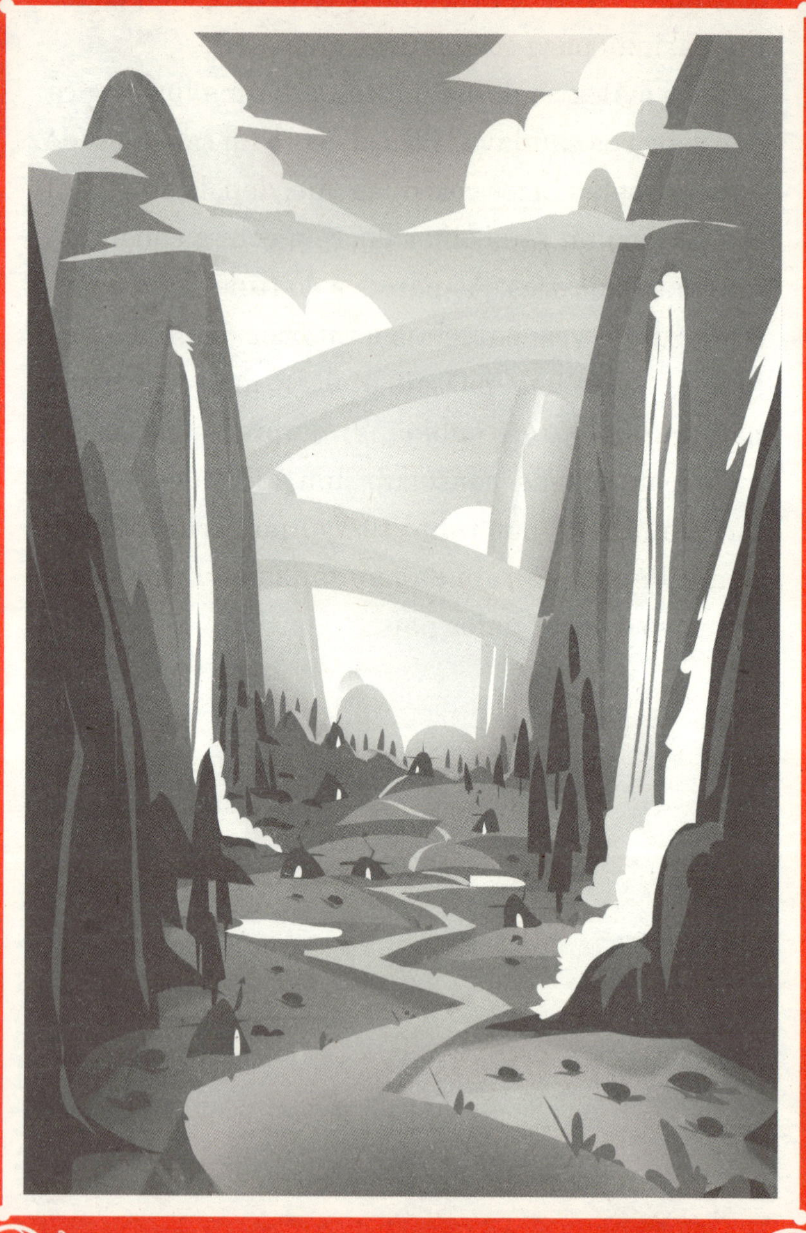

8.
O VALE DAS VOZES

Depois de viajarem através da montanha de vidro, eles chegaram a um vale encantador, que tinha a forma de uma xícara. Havia outra montanha acidentada do outro lado, e colinas verdes e macias nas extremidades. Estava repleto de gramados e jardins deslumbrantes, com caminhos de seixos por onde podiam caminhar, e bosques com lindas e majestosas árvores cobrindo a paisagem aqui e ali. Ali também havia pomares carregados de frutas exuberantes e desconhecidas em nosso mundo.

Riachos encantadores de água cristalina fluíam brilhantes entre as margens cobertas por flores, e havia dezenas dos mais exóticos e pitorescos chalés espalhados por todo o vale, diferentes de tudo o que os nossos viajantes já tinham visto. Os chalés não ficavam muito próximos uns dos outros, como nas vilas ou nas cidades: cada um tinha uma ampla área só sua, com pomares e jardins em volta.

À medida que observavam aquela paisagem perfeita, os novos visitantes ficavam maravilhados com a beleza do lugar e o perfume impregnado no ar leve, que respiravam muito agradecidos depois da atmosfera confinada do túnel. Passaram muitos minutos só admirando em silêncio, antes de perceberem duas coisas muito diferentes e incomuns sobre o vale.

Uma era o fato de não poderem ver de onde vinha a luz, porque não existia sol nem lua no arco azul do céu, embora todo o ambiente estivesse iluminado pela mais clara e perfeita luz. A segunda questão era ainda mais estranha: a ausência de qualquer habitante naquele lugar maravilhoso. Do lugar alto onde estavam, tinham uma visão completa do vale, mas não viam nenhum único objeto movendo-se. Tudo parecia misteriosamente deserto.

Aquele lado da montanha não era feito de vidro, mas de uma pedra semelhante ao granito.

Com alguma dificuldade e perigo, Jim puxou a carruagem sobre as pedras soltas até alcançarem o gramado embaixo, onde os caminhos, pomares e jardins começavam. O chalé mais próximo ainda estava um pouco distante.

– Não é agradável? – gritou Dorothy com alegria, enquanto saltava da carruagem para deixar Eureka correr e brincar sobre a grama aveludada.

– Realmente, é mesmo! – respondeu Zeb. – Nós tivemos sorte de fugir daquelas pessoas vegetais terríveis.

– Não seria tão ruim se tivéssemos que viver aqui para sempre – comentou o Mágico, observando em volta. – Tenho certeza de que não conseguiríamos achar lugar mais bonito.

Ele tirou os leitõezinhos do bolso e deixou-os correr na grama, enquanto Jim comia um bocado de folhas verdes, o que indicava que estava muito contente com os novos arredores.

– Por outro lado, não conseguimos andar no ar aqui – avisou Eureka, ao tentar fazer isso e não conseguir.

Os outros, no entanto, estavam satisfeitos em andar no chão; e o Mágico falou que eles deveriam estar mais próximos da superfície da Terra do que quando estavam no país dos Mangaboos, porque tudo era mais natural e parecido com a sua terra natal.

– Mas onde estão as pessoas? – perguntou Dorothy.

O homenzinho balançou a cabeça careca.

– Não faço ideia, minha querida – respondeu.

Eles ouviram o repentino gorjeio de um pássaro, mas não conseguiram ver a criatura em lugar nenhum. Caminharam devagar ao longo do caminho em direção ao chalé mais próximo, com os leitõezinhos correndo e pulando em volta deles, e Jim parando a cada passo para comer mais um bocado de grama.

Logo chegaram a uma árvore baixa com folhas largas e espalhadas, no centro da qual crescia uma única fruta, quase tão grande quanto um pêssego. A fruta era tão delicadamente colorida, tão cheirosa, e parecia tão apetitosa, tão saborosa que Dorothy parou e exclamou:

– O que acham que é?

Os leitõezinhos cheiraram a fruta rapidamente e, antes que a menina pudesse alcançá-la com a mão e arrancá-la, todos os nove leitõezinhos correram e começaram a devorá-la com avidez.

– Já sabemos que é boa – disse Zeb. – Senão esses malandrinhos não a teriam devorado com tanta vontade.

— Onde eles estão? — perguntou Dorothy, espantada.

Todos olharam em volta, mas os leitõezinhos tinham desaparecido.

— Essa não! — gritou o Mágico. — Eles devem ter corrido para longe, mas eu não vi para onde foram. Vocês viram?

— Não! — responderam as crianças juntas.

— Aqui, porquinhooo... porquinhooo... porquinhooo! — chamou o tutor deles, ansioso.

Eles instantaneamente ouviram muitos guinchos e grunhidos aos pés de Oz, mas o Mágico não conseguia ver um único leitãozinho sequer.

— Onde vocês estão? — perguntou.

— Ué, estamos bem aqui, perto de você — falou alguém, bem baixinho. — Você não consegue nos ver?

— Não — respondeu o homenzinho, confuso.

— Nós conseguimos ver você — disse outro dos leitõezinhos.

O Mágico abaixou-se e esticou a mão, imediatamente sentindo o corpo gordinho de um de seus animaizinhos. Ele o pegou, mas não conseguia ver o que estava segurando.

— Muito estranho — disse, com ar grave. — Curiosamente, os leitõezinhos ficaram invisíveis.

— Aposto que foi porque comeram aquele pêssego! — gritou a gatinha.

— Não era um pêssego, Eureka — disse Dorothy. — Só espero que a fruta não seja venenosa.

— Está tudo bem, Dorothy — afirmou um dos leitõezinhos.

— Nós vamos comer todas que acharmos — falou outro.

— Mas *nós* não devemos comê-las — o Mágico avisou às crianças. — Ou corremos o risco de ficar invisíveis também, e perder o contato uns com os outros. Se encontrarmos outra dessa fruta estranha, devemos evitá-la.

Chamando os leitõezinhos, Oz os pegou, um por um, e colocou-os no bolso. Apesar de não conseguir vê-los, podia senti-los; e, quando abotoou o paletó, sabia que estavam seguros naquele momento.

Os viajantes continuaram a andar em direção ao chalé, aonde chegaram pouco tempo depois. Era um belo lugar, com densas trepadeiras crescendo sobre a ampla sacada da frente. A porta estava aberta, e havia uma mesa posta no primeiro cômodo, com quatro cadeiras em volta. Em cima dela, havia pratos, garfos e facas, pão, carne e frutas. A carne estava tão quente que dava para ver a fumaça subindo, e os garfos e as facas faziam movimentos estranhos e divertidos, balançando para lá e para cá de um jeito confuso, mas o cômodo parecia estar vazio.

— Que engraçado! — exclamou Dorothy, acompanhada por Zeb e pelo Mágico, que agora estavam na entrada.

Ouviu-se uma risada alta e alegre, e os garfos e facas caíram nos pratos com um barulho. Uma das cadeiras afastou-se da mesa, e aquilo foi tão assombroso e misterioso que Dorothy teve vontade de sair correndo.

— Tem estrangeiros aqui, mamãe! — gritou a voz estridente de uma criança que não podia ser vista.

— Estou vendo, meu amor — respondeu outra voz, suave e feminina.

— O que vocês querem? — exigiu uma terceira, com um sotaque sério e rouco.

— Ora, ora! — falou o Mágico. — Tem mesmo gente aqui?

— É claro que tem — respondeu a voz masculina.

— E... perdoem-me pela pergunta tola, mas... todos vocês são invisíveis?

— Somos, sim — respondeu a mulher, de novo com sua risada sussurrante. — Estão surpresos por não serem capazes de ver as pessoas do Vale das Vozes?

— Bem, sim — gaguejou o Mágico. — Todas as pessoas que já encontrei antes eram muito facilmente vistas.

– Então, de onde vocês vêm? – perguntou a mulher, com curiosidade.

– Nós pertencemos à superfície da Terra, mas recentemente, durante um terremoto, caímos em uma cratera e aterrissamos na Terra dos Mangaboos – explicou o Mágico.

– Criaturas assustadoras! – exclamou a voz da mulher. – Ouvi falar sobre eles.

– Eles nos prenderam em uma montanha – continuou Oz –, mas encontramos um túnel que nos trouxe para o lado de cá. Foi assim que chegamos. É um belo lugar. Como vocês o chamam?

– Vale das Vozes.

– Obrigado. Não vimos ninguém desde que chegamos, por isso viemos até esta casa para saber onde estamos.

– Vocês estão com fome? – perguntou a voz feminina.

– Eu adoraria comer alguma coisa – respondeu Dorothy.

– Eu também – acrescentou Zeb.

– Mas não queremos incomodar, isso eu lhes asseguro – o Mágico apressou-se em dizer.

– Está tudo bem – respondeu a voz masculina, mais agradável agora do que antes. – Vocês são bem-vindos, podem comer à vontade.

Quando o homem falou, a voz estava tão próxima de Zeb que ele pulou para trás, alarmado. Diante daquilo, ouviram duas risadas alegres de criança, e Dorothy teve certeza de que não estavam em perigo entre pessoas tão contentes, mesmo que não conseguissem vê-las.

– Que animal curioso é esse que está comendo a minha grama? – indagou a voz masculina.

– É o Jim – disse a menina. – Ele é um cavalo.

– E para que ele serve? – foi a próxima pergunta.

– Ele puxa a carruagem, que você pode ver presa a ele, e nós viajamos nesse veículo em vez de andarmos – explicou ela.

– Ele sabe lutar? – indagou a voz masculina.

– Não! Ele sabe dar coices muito fortes com os cascos e morder um pouco, mas não sabe lutar exatamente – respondeu a menina.

– Então, os ursos vão pegá-lo – disse a voz de uma das crianças.

– Ursos! – exclamou Dorothy. – Existem ursos aqui?

– Esse é o mal do nosso país – respondeu o homem invisível. – Muitos ursos grandes e ferozes rondam o Vale das Vozes e, quando conseguem pegar uma pessoa, eles a comem. Mas, como somos invisíveis, raramente somos apanhados.

— Os ursos são invisíveis também? – perguntou a menina.

— São, sim, porque comem da fruta-dama, como todos nós. Isso impede que eles sejam vistos por qualquer um, humano ou animal.

— A fruta-dama cresce em um arbusto baixo e se parece com um pêssego? – perguntou o Mágico.

— Isso mesmo.

— Se ela faz vocês ficarem invisíveis, por que a comem? – Dorothy quis saber.

— Por duas razões, minha querida – respondeu a voz da mulher. – A fruta-dama é a coisa mais saborosa que cresce aqui; e, quando nos torna invisíveis, os ursos não conseguem nos encontrar e nos comer. Mas agora, bons viajantes, a refeição de vocês está na mesa! Então, por favor, sentem-se e comam o quanto quiserem.

9.
LUTANDO CONTRA OS URSOS INVISÍVEIS

Os estrangeiros sentaram-se à mesa prontamente, porque todos estavam com fome e as travessas haviam sido abastecidas com uma pilha de coisas boas para comer. Na frente de cada um, havia um prato com algumas das saborosas frutas-dama, e o seu perfume era tão convidativo e doce que eles estavam seriamente tentados a comê-la e tornarem-se invisíveis.

Dorothy, porém, satisfez a fome com outras coisas, e seus companheiros fizeram o mesmo, resistindo à tentação.

— Por que vocês não comem as frutas-dama? — perguntou a voz feminina.

— Não queremos ficar invisíveis — respondeu Dorothy.

— Mas, se ficarem visíveis, os ursos vão vê-los e devorá-los — argumentou a voz de uma menina. — Nós, que moramos aqui, preferimos ficar invisíveis porque ainda podemos nos abraçar e beijar, e é completamente seguro contra os ursos.

— E não precisamos nos preocupar muito com o que vestimos — emendou a voz masculina.

— E a mamãe não fica sabendo se meu rosto está sujo ou não! — acrescentou a voz feliz de uma outra criança.

— Mas eu mando você lavar o rosto todas as vezes que me lembro porque é lógico que o seu rosto está sujo, Ianu! Não importa se eu consigo vê-lo ou não — disse a mãe.

Dorothy riu e esticou as mãos.

— Por favor... venham aqui, Ianu e sua irmã, e deixem-me senti-los — pediu ela.

Eles foram até ela de boa vontade, e Dorothy passou as mãos sobre os seus rostos e silhuetas, percebendo que a menina tinha quase sua idade e o menino era um pouco mais novo. O cabelo da menina era leve e macio, e a pele lisa como cetim.

Quando Dorothy tocou de leve no seu nariz, orelhas e lábios, eles pareciam delicados e bem-formados.

— Se eu pudesse vê-la, tenho certeza de que a acharia linda – declarou ela.

A menina riu e sua mãe falou:

— Não há pessoas vaidosas e convencidas aqui no Vale das Vozes, porque não podemos mostrar a nossa beleza; mas as nossas boas ações e maneiras agradáveis são o que nos torna adoráveis para os nossos companheiros. Além disso, podemos ver e apreciar as belezas da natureza, as flores delicadas, as árvores, os campos verdes e o azul-claro do nosso céu.

— E os pássaros, animais e peixes? – perguntou Zeb.

— Não conseguimos ver os pássaros, porque eles amam comer as frutas-dama tanto quanto nós, mas conseguimos ouvir suas doces melodias e apreciá-las. Também não vemos os ursos cruéis porque eles comem da fruta. Mas nós vemos os peixes que nadam em nossos riachos, e com frequência os pescamos para comer.

— Parece que vocês têm muitas coisas boas para fazê-los felizes, mesmo estando invisíveis – comentou o Mágico. – Ainda assim, preferimos permanecer visíveis enquanto estivermos no vale.

Nesse momento, Eureka entrou no chalé. Até então, ela estava explorando lá fora com Jim; e, quando viu a mesa posta com comida, choramingou:

– Você tem que me alimentar agora, Dorothy, porque estou desfalecendo de fome.

As crianças assustaram-se ao ver a gata porque se lembraram dos ursos; mas Dorothy acalmou-os ao explicar que Eureka era um animalzinho de estimação, e não conseguiria machucá-los nem se quisesse. Então, como os outros já tinham se afastado da mesa, a gatinha correu, pulou na cadeira e colocou as patinhas sobre a toalha para ver o que havia para comer. Para a sua surpresa, uma mão invisível pegou-a e a segurou no ar. Eureka ficou desesperada de medo e tentou arranhar e morder, e em seguida foi largada no chão.

– Você viu isso, Dorothy? – disse ela, ofegante.

– Sim, querida – respondeu a tutora. – Existem pessoas morando nesta casa, apesar de não podermos vê-las. E você precisa melhorar os seus modos, Eureka, ou algo pior poderá acontecer com você.

Dorothy colocou um prato de comida no chão, e a gatinha comeu vorazmente.

– Eu quero aquela fruta cheirosa que eu vi na mesa – implorou ela, depois de ter limpado o prato.

— Aquela é a fruta-dama, e você nunca deve prová-la, Eureka! Senão vai ficar invisível, e não conseguiremos ver você de jeito nenhum – respondeu Dorothy.

A gatinha olhava desejosa para a fruta proibida.

— Dói ficar invisível? – perguntou Eureka.

— Eu não sei, mas eu sofreria demais se perdesse você – afirmou a menina.

— Está bem, eu não vou tocar nela – a gatinha decidiu –, mas você deve mantê-la longe de mim, porque o cheiro dela é muito tentador.

— Senhor ou senhora, podem nos dizer se existe alguma forma de sair do seu belo vale e voltarmos para a superfície da Terra? – perguntou o Mágico para o ar, porque não tinha como saber onde as pessoas invisíveis estavam.

— Ah, sair daqui é muito fácil – respondeu a voz masculina –, mas para isso vocês devem entrar em um país muito menos agradável. Quanto a chegar à superfície da Terra, eu nunca ouvi dizer que fosse possível. E, se conseguirem chegar até lá, eu acho que vocês vão cair.

— Ah, não – disse Dorothy. – Nós estivemos lá, conhecemos a superfície.

— Sem dúvida, o Vale das Vozes é um lugar encantador; mas não podemos ser felizes por muito tempo em qualquer outro lugar que não seja a nossa terra. – continuou o Mágico. – Mesmo que tenhamos que passar por lugares desagradáveis no caminho, isso é necessário para chegarmos à superfície da Terra. Temos que continuar em frente até conseguir.

– Nesse caso – disse o homem –, será melhor que vocês cruzem o nosso vale e subam a escada em espiral, dentro da Montanha-Pirâmide. O topo dela fica escondido entre as nuvens e, quando o alcançarem, terão chegado à horrível Terra do Nada, onde as Gárgulas vivem.

– O que são gárgulas? – perguntou Zeb.

– Eu não sei, rapazinho. O nosso grande campeão, Overman-Anu, uma vez subiu a escada em espiral e lutou por nove dias com as Gárgulas antes de conseguir escapar e voltar para cá. Jamais conseguiram fazê-lo descrever as terríveis criaturas e, pouco tempo depois, ele foi capturado e comido por um urso.

Os viajantes ficaram muito desanimados com aquela história sombria, mas Dorothy disse, com um suspiro:

– Se o único jeito de voltar para casa é enfrentando essas "gorgolas", então vamos enfrentá-las. Elas não podem ser piores do que a Bruxa Má ou o Rei Nome.

— Mas você deve lembrar que tinha o Espantalho e o Homem-de-Lata para ajudá-la a derrotar aqueles inimigos — comentou o Mágico. — Agora, minha querida, não há nenhum guerreiro com você.

— Ah, eu acho que Zeb vai lutar se não tiver escolha. Não é, Zeb? — perguntou a garotinha.

— Talvez, se eu não tiver outra opção — respondeu Zeb, em dúvida.

— E você tem a espada que montou quando cortou o Feiticeiro Vegetal em dois. — disse a menina para o homenzinho.

— É verdade — respondeu ele. — E, na minha bolsa-carteiro, tenho outras coisas úteis que podemos usar para lutar.

— Barulho é o que as Gárgulas mais temem — disse a voz masculina. — O nosso campeão me disse que, quando deu o seu grito de guerra, as criaturas estremeceram e afastaram-se, hesitando em continuar a batalha. Só que elas estavam em maior número; e ele não podia gritar muito, porque precisava ter fôlego para lutar.

— Muito bom — afirmou o Mágico. — Nós gritamos muito melhor do que lutamos, por isso conseguiremos derrotar as Gárgulas.

— Mas me diga uma coisa: como um campeão tão corajoso acabou deixando que os ursos o comessem? E, se ele era invisível e os ursos também, como sabem que eles realmente o comeram? – perguntou Dorothy.

– Na época, o campeão matou onze ursos – respondeu o homem invisível. – E sabemos que é verdade porque, quando qualquer criatura morre, o encanto da fruta-dama acaba, e o morto pode ser visto claramente por qualquer um. Quando o campeão matou um urso, o corpo do animal ficou visível para todos; e, quando os ursos o mataram, todos nós vimos os seus pedaços espalhados, antes que eles fossem devorados pelos bichos.

Os nossos amigos despediram-se das gentis e invisíveis pessoas do chalé e recomeçaram a jornada, depois de o homem lhes mostrar a montanha alta em forma de pirâmide do outro lado do vale e lhes dizer como poderiam chegar lá.

Eles seguiram o curso de um rio largo e passaram por muitos belos chalés, mas claro que não viram ninguém, nem ninguém falou com eles. Flores e frutas cresciam com abundância por todo lugar, e havia muitas das saborosas frutas-dama de que o povo do Vale tanto gostava.

Ao meio-dia, eles pararam para permitir que Jim descansasse à sombra de um belo pomar e, enquanto colhiam e comiam algumas das ameixas e cerejas que cresciam ali, repentinamente ouviram uma voz suave dizer a eles:

– Tenham cuidado, há ursos por perto.

O Mágico pegou a espada de imediato, e Zeb agarrou o chicote do cavalo. Dorothy subiu na carruagem, embora Zeb tivesse desatrelado Jim, que estava pastando um pouco mais longe.

A pessoa a quem pertencia a voz riu um pouco e disse:

– Vocês não vão conseguir escapar dos ursos desse jeito.

– E como vamos *conseguir*? – perguntou Dorothy, muito nervosa, porque um perigo invisível sempre é o mais difícil de enfrentar.

– Vocês precisam ir pelo rio – foi a resposta. – Os ursos não vão se arriscar sobre a água.

– Mas nós nos afogaríamos! – exclamou a menina.

– Ah, não se preocupem com isso – disse a voz e, por seu tom gentil, parecia pertencer a uma jovem moça – Vocês são estrangeiros no Vale das Vozes e parecem não conhecer o nosso jeito de fazer as coisas, por isso vou tentar salvá-los.

Em seguida, um arbusto com folhas largas foi arrancado do solo onde crescia e ficou suspenso no ar diante do Mágico.

— Senhor – disse a voz –, todos devem esfregar essas folhas nas solas dos pés para poder andar sobre a água sem afundar. Esse é um segredo que os ursos não conhecem, e nós, que pertencemos ao Vale, costumamos caminhar sobre a água quando viajamos para fugir dos inimigos.

— Obrigado! – gritou o Mágico, alegre, imediatamente esfregando as folhas nas solas dos sapatos de Dorothy e depois nas suas. A menina pegou uma folha e esfregou nas patinhas de Eureka. O resto do arbusto foi entregue para Zeb, que, depois de esfregar as solas dos próprios sapatos, esfregou com cuidado a folha nos cascos de Jim, bem como nas rodas da carruagem. Ele mal tinha acabado de fazer isso quando, de repente, ouviram um rosnado baixo, e o cavalo começou a pular, rodopiar e dar coices violentamente.

— Rápido! Para a água, ou vocês estarão perdidos! – gritou a amiga invisível.

Sem hesitar, o Mágico puxou a carruagem para a margem, no rio largo, porque Dorothy ainda estava sentada nela, com Eureka nos braços. Não afundaram de jeito nenhum, graças às propriedades da estranha planta que usaram; e, quando a carruagem estava no meio do rio, o Mágico voltou para a margem, a fim de ajudar Zeb e Jim.

O cavalo estava caído e debatia-se loucamente. Dois ou três cortes profundos apareceram sobre os seus flancos, dos quais o sangue jorrava em grande quantidade.

– Corram para o rio! – gritou o Mágico, e Jim logo se livrou dos seus agressores invisíveis com alguns coices violentos e correu para a água. Assim que trotou sobre a superfície do rio, Jim viu-se livre dos perseguidores, e Zeb já estava correndo na água em direção à Dorothy.

No momento em que o pequeno Mágico se virou para segui-los, sentiu uma respiração quente contra a bochecha e ouviu um rosnado baixo e feroz. Imediatamente, começou a espetar o ar com a espada e sabia que tinha cortado algo porque, quando a puxou, a lâmina estava pingando sangue. Na terceira vez em que enfiou a lâmina, ouviu um urro alto e uma queda, e de repente apareceu aos seus pés a forma de um grande urso vermelho, quase tão grande quanto o cavalo, mas muito mais forte e feroz. Definitivamente, a fera estava morta por causa dos golpes da espada; e, depois de olhar para aquelas garras terríveis e para aqueles dentes afiados, o homenzinho virou-se, em pânico, e correu para a água, pois outros rosnados ameaçadores indicavam que mais ursos estavam por perto.

No entanto, no rio, os aventureiros pareciam estar perfeitamente seguros. Dorothy e a carruagem tinham flutuado devagar rio abaixo com a correnteza da água, e os outros apressaram-se para juntar-se a ela. O Mágico abriu a sua bolsa-carteiro e tirou alguns esparadrapos, com os quais fez curativos nos cortes que Jim havia sofrido com as garras dos ursos.

– Depois disso, eu acho melhor ficarmos no rio – disse Dorothy. – Se a nossa amiga desconhecida não tivesse nos alertado e nos dito o que fazer, estaríamos todos mortos agora.

– Isso é verdade – concordou o Mágico. – E como parece que o rio está correndo na direção da Montanha Pirâmide, essa é a forma mais fácil de viajarmos.

Zeb atrelou Jim à carruagem de novo e o cavalo trotou ao longo do rio, puxando-os rapidamente pela água tranquila. No início, a gatinha estava morrendo de medo de se molhar; mas Dorothy colocou-a no chão, e logo Eureka estava pulando e correndo ao lado da carruagem sem medo algum. Em determinado momento, um peixe nadou muito próximo da superfície e a gatinha o abocanhou, comendo-o em um piscar de olhos. Dorothy, porém, a aconselhou a ter cuidado com o que comia naquele vale encantado, e mais nenhum peixe foi descuidado o suficiente para nadar ao alcance de Eureka.

Após uma jornada de muitas horas, eles chegaram a um ponto em que o rio fazia uma curva, e eles descobriram que deveriam atravessar cerca de um quilômetro e meio pelo Vale antes de chegarem à Montanha Pirâmide. Os nossos amigos haviam aprendido a ter pavor dos ursos selvagens e, por haver poucas casas, poucos pomares e poucas flores naquela parte do vale, temiam encontrar mais deles.

— Você vai ter que correr, Jim – disse o Mágico. – Corra o máximo rápido que puder.

— Tudo bem – respondeu o cavalo. – Vou fazer o melhor que puder, mas não esqueçam que estou velho e os meus dias de corrida ficaram no passado.

Todos os três subiram na carruagem, e Zeb pegou as rédeas, embora Jim não precisasse de forma alguma ser guiado. O cavalo ainda sentia a dor dos ferimentos, depois de enfrentar as garras afiadas dos ursos invisíveis. Mas, assim que ele pisou na terra em direção à montanha, o medo de encontrar novamente aquelas temíveis criaturas funcionou para ele como um chicote: ele saiu galopando em disparada, de tal forma que Dorothy quase ficou sem folêgo. Então, Zeb, travesso, imitou um rosnado como o dos ursos e Jim levantou as orelhas e voou alto. As pernas ossudas do cavalo moviam-se tão rápido que mal podiam ser vistas, e o Mágico teve que se agarrar rápido ao assento, gritando "opa!" a plenos pulmões.

— E-eu receio que e-ele esteja fugindo! — ofegou Dorothy.

— *Eu sei* que ele está — disse Zeb —, mas nenhum urso vai conseguir pegá-lo se ele mantiver esse ritmo, e se o arreio e a carruagem não quebrarem...

Jim corria a mais de um quilômetro por minuto; e, antes que eles se dessem conta, ele parou bruscamente diante da montanha — tão de repente, que Oz e Zeb foram arremessados da carruagem e pousaram na grama macia, onde rolaram várias vezes até parar. Dorothy quase foi com eles, mas se salvou por estar segurando o braço de ferro do assento com muita força. Ela apertou tanto Eureka que a coitadinha gritou. O velho cavalo de charrete fez muitos sons curiosos, o que levou a menina a suspeitar que Jim estava rindo deles.

10.
O Homem de Tranças da Montanha Pirâmide

A montanha diante deles tinha o formato de um cone, e era tão alta que a ponta estava perdida entre as nuvens. Bem em frente ao lugar onde Jim parou, havia uma abertura em arco que levava a uma larga escadaria. Os degraus haviam sido cortados na rocha dentro da montanha e eram largos e não muito íngremes, pois tinham a forma de uma espiral e começavam a fazer o círculo desde a entrada em arco. Ao pé da escada caracol, havia uma placa na qual se lia:

Atenção.
Estes Degraus Levam À Terra Das Gárgulas.
Perigo!
Não Entre.

— Será que o Jim vai conseguir subir tantos degraus puxando a carruagem? – perguntou Dorothy, muito preocupada.

— Sem problemas – declarou o cavalo, com uma bufada desdenhosa. – Só que eu não vou levar nenhum passageiro. Todos vocês vão ter que andar.

— Acha que os degraus vão ficar mais íngremes? – perguntou Zeb, em dúvida.

— Nesse caso, basta reforçar as rodas da carruagem, só isso – respondeu Jim.

— De qualquer forma, vamos – disse o Mágico. – É o único jeito de sair do Vale das Vozes.

Então começaram a subir os degraus: Dorothy e o Oz na frente, Jim em seguida puxando a carruagem, e depois Zeb, observando se nada aconteceria ao arreio.

A luz era fraca, e logo eles estavam em total escuridão, obrigando o Mágico a usar as lamparinas para iluminar o caminho. Essa luz permitiu que eles prosseguissem com segurança, até chegarem a um patamar. Havia ali uma fenda na encosta da montanha, que deixava entrar tanto a luz como o ar. Através daquela abertura, eles podiam ver ao longe o Vale das Vozes, com seus chalés parecendo casinhas de boneca naquela distância.

Depois de descansar por alguns momentos, eles continuaram a subir, e os degraus estáveis eram largos e baixos o suficiente para Jim puxar com facilidade a carruagem atrás de si. O velho cavalo ofegava um pouco, e tinha que parar com frequência para respirar. Nesses momentos, todos ficavam felizes em ter que esperar por ele, porque subir tantos degraus certamente fazia as pernas de qualquer um doer.

Assim seguiram por algum tempo, sempre subindo. As luzes das lamparinas iluminavam um pouco o caminho, mas era uma jornada sombria; e todos ficaram felizes quando uma larga faixa de luz adiante confirmou que estavam chegando a um segundo patamar.

Ali, um dos lados da montanha tinha um grande buraco, como se fosse a entrada de uma caverna; e os degraus eram interrompidos na entrada do patamar, e recomeçavam na borda oposta. A abertura na montanha era no lado oposto ao Vale das Vozes e, ao olharem para fora, os nossos viajantes se depararam com uma cena estranha. Abaixo deles havia um espaço vasto e, no fundo, um mar negro com uma grande área coberta de vapor que subia e se movimentava como se fossem nuvens. Através delas eram disparadas constantes e pequenas labaredas.

Logo acima deles e quase no mesmo nível do patamar onde estavam, havia nuvens enormes que se movimentavam e mudavam toda hora de lugar e de cor. Os tons azuis e cinza eram muito bonitos, e Dorothy percebeu que, naquelas nuvens imensas, estavam sentadas ou reclinadas sombras de formas felpudas de belos seres, que deveriam ser as Fadas das Nuvens. Os seres mortais que estão na terra e olham para cima, para o céu, quase nunca conseguem distinguir essas formas; mas os nossos amigos estavam tão próximos das nuvens naquele momento que podiam ver as delicadas fadas muito claramente.

– Elas são reais? – perguntou Zeb, com admiração na voz.

– É claro que sim – respondeu Dorothy, gentil. – Elas são as Fadas das Nuvens.

– Parecem delicadas como finos bordados de alta costura – comentou o menino, olhando fixo para elas. – Se eu apertasse uma, não sobraria nada.

No espaço aberto entre as nuvens e o borbulhante mar negro bem embaixo, podia ser visto um pássaro estranho e peculiar, cruzando o ar rapidamente em sua rota de migração. Esses pássaros eram enormes, e Zeb lembrou-se dos Rocas, aves lendárias e gigantescas da mitologia árabe, de quando leu o livro *As mil e uma noites*. Eles tinham olhos ferozes, garras e bicos afiados. As crianças rezavam para que nenhum deles inventasse de entrar na caverna.

– Ora, mais essa agora! – exclamou o pequeno Mágico, de repente. – Mas que negócio é esse?

Eles viraram-se e viram um homem em pé no centro da caverna. Ao ver que tinha atraído a atenção dos outros três, ele fez uma reverência muito educada. Era um homem muito velho e muito corcunda, mas o que era mais estranho nele era o cabelo e a barba brancos, tão compridos que iam até o pé. Tanto o cabelo como a barba eram cuidadosamente penteados em várias tranças, e cada uma estava amarrada com um laço de fita colorido.

– De onde você veio? – perguntou Dorothy, surpresa.

– De nenhum lugar – respondeu o Homem de Tranças. – Quer dizer, não recentemente. Antes, eu vivia na superfície da Terra, mas já faz muitos anos que eu tenho a minha oficina neste lugar, bem no meio do caminho que leva ao topo da Montanha Pirâmide.

– Nós ainda estamos no meio do caminho? – perguntou o menino, desanimado.

– Eu acredito que sim, meu rapaz – respondeu o Homem de Tranças. – Porém, como nunca fui em nenhuma direção, para baixo ou para cima, desde que cheguei, eu não tenho certeza se estamos exatamente no meio do caminho ou não.

– Você tem uma oficina neste lugar? – perguntou o Mágico, que esteve examinando cuidadosamente a estranha figura.

– Mas é claro! – disse o homem. – Saibam que eu sou um grande inventor, e crio os meus produtos neste lugar solitário.

– Que tipo de produtos? – o Mágico quis saber.

– Bem, eu faço uma variedade de tremulações para bandeiras e bandeirinhas, e ruge-ruges de excepcional qualidade para os vestidos de seda das damas.

– Foi o que eu pensei – disse o Mágico, com um suspiro. – Podemos ver alguns desses artigos?

– Sim, é claro! Venham até a minha loja, por favor – e o Homem de Tranças virou-se e guiou-os para dentro de uma caverna menor, onde ele vivia. Ali, em uma larga estante, havia muitas caixas de papelão de vários tamanhos, cada uma amarrada com uma corda de algodão.

— Esta contém doze dúzias de ruge-ruges – disse o homem, pegando uma caixa e manuseando-a com cuidado –, o bastante para durar um ano para qualquer dama. Você vai comprar, minha querida? – perguntou ele, dirigindo-se à Dorothy.

— O meu vestido não é de seda – respondeu ela com um sorriso.

— Não tem importância. Quando você abrir a caixa, os ruge-ruges vão escapar, quer esteja usando um vestido de seda ou não – disse o homem, sério. Então, pegou outra caixa. – Nesta, há uma infinidade de tremulações. Elas são importantes para fazer as bandeiras tremularem em um dia calmo, quando não há vento. O senhor – virando-se para o Mágico – precisa ter essa variedade. Uma vez que experimentar os meus produtos, tenho certeza de que jamais ficará sem eles.

— Estou sem dinheiro aqui comigo – disse o Mágico, dando uma desculpa.

— Eu não quero dinheiro – falou o Homem de Tranças. – Não posso gastá-lo neste lugar deserto, mesmo se tivesse. Mas eu gostaria muito de um laço de fita azul. Como podem ver, as minhas tranças estão amarradas laços amarelos, rosas, marrons, vermelhos, verdes, brancos, pretos... mas eu não tenho nenhum laço azul.

— Eu vou pegar um para você! – gritou Dorothy, sentindo pena do pobre homem. Assim, ela correu de volta para a carruagem e pegou na mala um lindo laço azul. Ela ficou muito feliz em ver como os olhos do Homem de Tranças brilhavam ao receber aquele tesouro.

— Você me fez muito, muito feliz, minha querida! – exclamou ele, insistindo para que o Mágico aceitasse a caixa de tremulações, e a garota ficasse com a caixa de ruge-ruges.

— Vocês podem precisar deles em algum momento – argumentou. – E não adianta fabricar essas coisas, se ninguém as usar.

— Por que você deixou a superfície da Terra? – o Mágico quis saber.

— Não tive escolha. É uma história triste, mas, se conseguirem conter as lágrimas, eu posso contar a vocês como foi. Na Terra, eu era um produtor de buracos importados para queijos suíços americanos, e devo reconhecer que eu fornecia um produto de qualidade superior, com uma grande procura. Eu também fazia poros para curativos porosos, e buracos de alto nível para donuts e botões. Por fim, inventei um novo buraco ajustável para postes, e pensei que finalmente eu ficaria rico. Produzi uma grande quantidade desses buracos para postes;

mas, sem ter onde guardá-los, eu os coloquei um por cima do outro, e o que ficou em cima eu pus no chão. Isso fez um buraco extraordinariamente comprido que, como vocês podem imaginar, estendeu-se por centenas de metros terra adentro. Quando eu me inclinei sobre ele para tentar ver o fundo, perdi o equilíbrio e caí. Infelizmente, o buraco levava direto para o vasto espaço que vocês podem ver do lado de fora da montanha, mas eu consegui me segurar na ponta da rocha que é projetada desta caverna. Foi assim que eu escapei de cair de cabeça nas ondas negras lá embaixo, onde as labaredas que despontam certamente teriam me consumido. Então, fiz desse lugar a minha casa e, apesar de ser um lugar solitário, divirto-me fazendo ruge-ruges e tremulações, e tem dado muito certo.

Quando o Homem de Tranças terminou a sua estranha história, Dorothy quase deu risada, porque tudo aquilo era muito absurdo. O Mágico bateu de leve e de um jeito bem expressivo o indicador na própria têmpora, para indicar que achava que o pobre homem era doido. Despediram-se dele educadamente, e voltaram para a caverna maior a fim de continuar sua jornada.

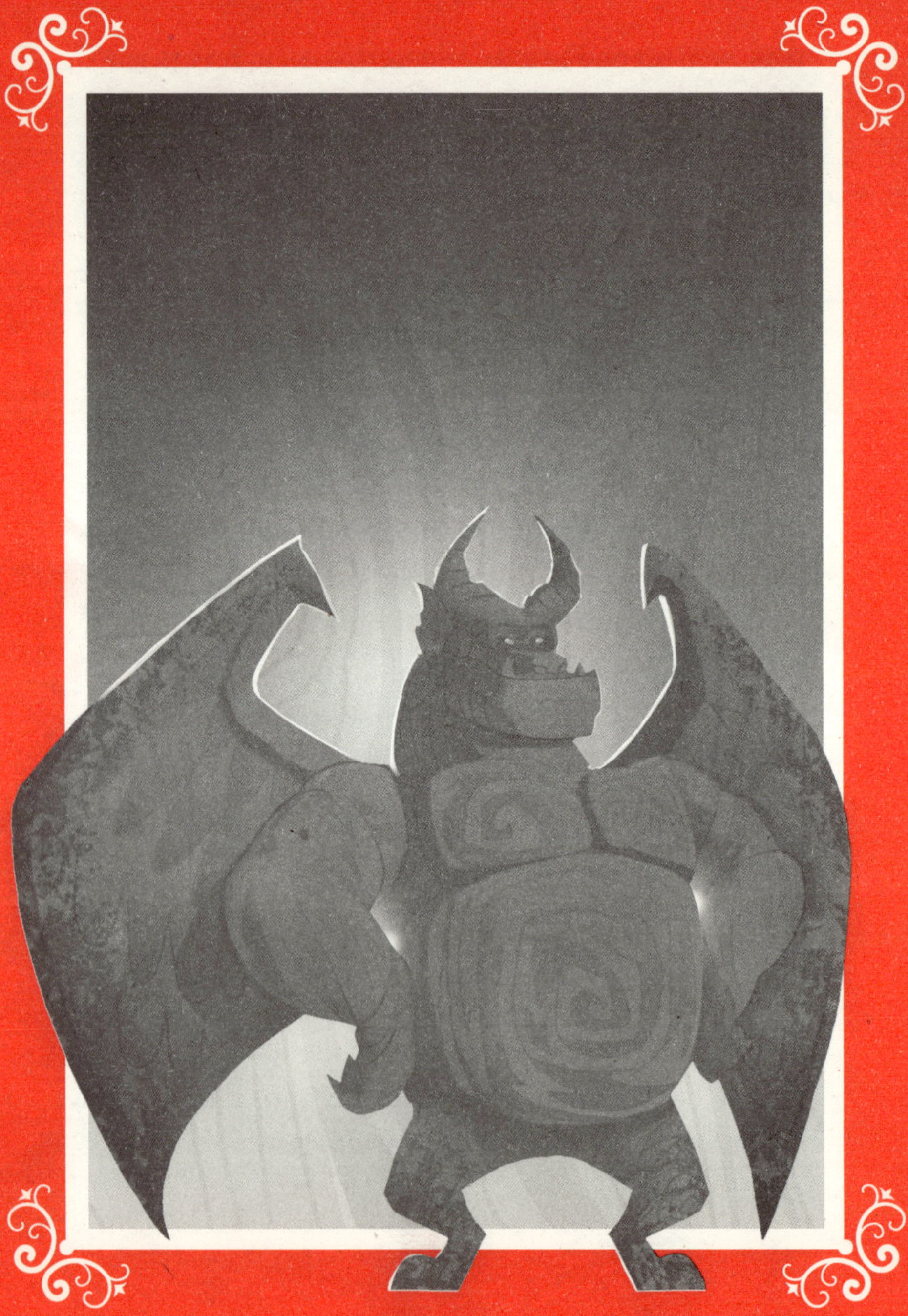

11.
As Gárgulas de Madeira

Outra subida de tirar o fôlego levou os nossos aventureiros a um terceiro patamar, onde havia outra fenda na montanha. Olhando para fora, tudo o que conseguiam ver eram conjuntos enormes e móveis de nuvens, tão espessas que escondiam todo o resto.

Os viajantes se viram obrigados a descansar e, enquanto estavam sentados no chão rochoso, Oz sentiu os nove leitõezinhos no bolso e os tirou de lá. Para a sua alegria, eles estavam bem visíveis, o que confirmava que tinham ultrapassado a influência do mágico Vale das Vozes.

— Olha, podemos nos ver de novo! — gritou um deles, com alegria.

— Verdade — suspirou Eureka. — Eu também consigo, e isso me deixa terrivelmente faminta. Por favor, Senhor Mágico, eu posso comer apenas um desses leitõezinhos gordinhos? Você nunca vai sentir a falta de um deles, eu tenho certeza!

— Que fera selvagem horrível! — exclamou um dos leitõezinhos. — Ainda mais depois de nos tornamos tão bons amigos, e brincarmos juntos também!

— Quando não estou com fome, eu amo brincar com todos vocês — disse a gatinha, serena. — Mas, quando o meu estômago está vazio, parece que nada me encheria tão bem quanto um leitãozinho gordinho.

— E nós confiamos tanto em você! — afirmou outro dos nove, em tom de reprovação.

— E pensamos que você fosse decente! — disse outro.

— Parece que nos enganamos — declarou um terceiro, olhando atemorizado para a gatinha. — Tenho certeza de que ninguém com tais desejos bárbaros deveria pertencer ao nosso grupo.

— Está vendo, Eureka? — comentou Dorothy, repreendendo a gatinha. — Você está fazendo os leitõezinhos deixarem de gostar de você. Existem coisas apropriadas para um gatinho comer, mas eu nunca ouvi falar de um comer porco, independentemente das circunstâncias.

– E você já viu porquinhos tão pequenininhos? – perguntou a gatinha. – Eles não são maiores que um rato, e tenho certeza de que é apropriado eu comer ratos.

– O tamanho não importa, querida. O que vale é o tipo – respondeu a menina. – Esses são os animaizinhos de estimação do Senhor Mágico do mesmo jeito que você é o meu; e não seria correto você comê-los, da mesma forma como não seria certo Jim comer você.

– E isso é exatamente o que eu vou fazer, se você não deixar essas bolinhas de porco em paz – disse Jim, encarando a gatinha com os seus grandes olhos redondos. – Se machucar qualquer um deles, eu como você na mesma hora.

A gatinha olhou pensativa para o cavalo, como se tentasse decifrar se ele falava sério ou não.

– Sendo assim, vou deixá-los em paz – falou ela. – Apesar de você ter perdido alguns dentes, Jim, os poucos que você tem são afiados o bastante para me fazer estremecer. Por isso, os leitõezinhos estarão perfeitamente seguros de agora em diante, se depender de mim.

— Isso mesmo, Eureka – comentou o Mágico com seriedade. – Vamos todos ser uma família feliz que se ama.

Eureka bocejou e espreguiçou-se.

— Eu sempre amei os leitõezinhos, mas eles não me amam – afirmou.

— Ninguém consegue amar uma pessoa se sentir medo dela – afirmou Dorothy. – Se você se comportar e não assustar os leitõezinhos, tenho certeza de que eles vão passar a gostar muito de você.

Depois disso, o Mágico colocou os nove leitõezinhos de volta no bolso e todos continuaram a jornada.

— Nós devemos estar muito perto da superfície agora – disse o menino, enquanto subiam exaustivamente a escada caracol no escuro.

— O país dessas "gorgolas" não deve ser tão longe da superfície da Terra – comentou Dorothy. – Não é nada agradável aqui embaixo. É, definitivamente eu quero voltar para casa.

Ninguém falou mais nada, porque sentiram que precisavam de fôlego para a subida. Os degraus ficaram mais estreitos, e Zeb e o Mágico com frequência tinham que ajudar Jim a puxar a carruagem de um degrau para o outro, ou impedir que ele ficasse preso contra as paredes rochosas.

Finalmente, no entanto, uma luz fraca apareceu diante deles, ficando cada vez mais clara e mais forte conforme avançavam.

— Graças a Deus, estamos quase lá! — falou o pequeno Mágico, ofegante.

Jim, que estava na frente, viu o último degrau diante de si e ficou com a cabeça presa na parte de cima dos lados rochosos da escada. Então, parou, abaixou a cabeça e começou a andar para trás, tanto que quase caiu com a carruagem em cima dos outros.

— Vamos descer de novo! — disse ele, com a sua voz rouca.

— Absurdo! — rebateu o Mágico, cansado. — O que há de errado com você, meu velho?

— Tudo — resmungou o cavalo. — Eu dei uma olhada neste lugar, e não é um país para criaturas reais. Não tem nada vivo lá em cima; não tem carne, não tem sangue, não tem nada crescendo em lugar nenhum.

— Não importa, nós não podemos voltar. E de qualquer maneira, não pretendemos ficar lá — afirmou Dorothy.

— É perigoso — rosnou Jim, teimando.

— Veja bem, meu bom corcel: a pequena Dorothy e eu já estivemos em muitos países estranhos em nossas viagens, e sempre escapamos sem nos machucarmos – o Mágico interrompeu. – Nós estivemos na maravilhosa Terra de Oz, não foi, Dorothy? Por isso, temos medo do País das Gárgulas. Vá em frente, Jim, e faremos o melhor para escapar, não importa o que aconteça.

– Tudo bem – respondeu o cavalo. – Esta é a viagem de vocês, e não minha. Então, se encontrarem problemas, não me culpem.

Com esse discurso, Jim curvou-se para frente e puxou a carruagem para cima, pelos degraus que faltavam. Os outros o seguiram, e logo todos estavam em pé sobre uma plataforma ampla, diante do mais curioso e surpreendente cenário que já tinham visto.

– O País das Gárgulas é todo de madeira! – exclamou Zeb.

E realmente era. O chão era de serragem, e as pedrinhas espalhadas em volta eram nós duros dos troncos de árvores, já desgastados pelo curso do tempo. Lá havia casas estranhas de madeira, com flores entalhadas de madeira nos quintais da frente. Os troncos de árvore eram de madeira rústica, mas as folhas eram lascas de madeira. Os canteiros de grama também eram de lascas de madeira; e onde não havia nem grama, nem serragem, o chão era de madeira sólida. Pássaros de madeira moviam-se entre as árvores, e vacas de madeira pastavam na grama de madeira. Contudo, a coisa mais incrível de todas eram as pessoas de madeira, as criaturas conhecidas como Gárgulas.

O lugar era densamente habitado, pois elas eram muito numerosas. Um grande grupo de pessoas esquisitas se aglomerou, examinando os estrangeiros que tinham saído da longa escada caracol.

As Gárgulas eram muito baixas, com menos de noventa centímetros de altura. Tinham corpos redondos, pernas curtas e largas e braços estranhamente compridos e fortes. Suas cabeças eram muito grandes para os seus corpos, e os seus rostos eram definitivamente feios de se olhar. Algumas tinham narizes e queixos longos e curvados, olhos pequenos e fundos e bocas sorridentes. Outras tinham narizes achatados, olhos esbugalhados e orelhas iguais às de um elefante.

De fato, as Gárgulas eram de muitos tipos diferentes, e não havia uma que se parecesse com a outra; mas, de igual modo, todas tinham uma aparência desagradável. Os topos de suas cabeças não tinham cabelo, e eram entalhados com uma incrível variedade de formas: algumas tinham uma fileira de pontos ou bolas em volta, outras tinham desenhos parecidos com flores ou vegetais e outras, ainda, tinham quadrados parecidos com peças de waffles cruzadas na cabeça. Todas tinham pequenas asas de madeira presas aos corpos também de madeira, com dobradiças de madeira e parafusos de madeira. Com as asas, elas voavam rápido e sem fazer barulho aqui e ali, de modo que as pernas tinham pouca utilidade para elas.

A movimentação em silêncio era uma das coisas mais esquisitas nas Gárgulas. Elas não faziam qualquer tipo de som, nem voando, nem tentando falar, pois conversavam principalmente por sinais rápidos feitos com os dedos ou os lábios de madeira. Também não havia qualquer tipo de barulho em todo o país de madeira. Os pássaros não cantavam e as vacas não mugiam, apesar de haver atividades comuns por toda parte.

Esse grupo de criaturas estranhas aglomeradas perto dos degraus, a princípio, permaneceu imóvel, encarando com olhos malvados os intrusos que haviam aparecido em suas terras tão de repente. O Mágico, as crianças, o cavalo e a gatinha também examinavam as Gárgulas com o mesmo silêncio atento.

— Com certeza vamos ter problemas — comentou o cavalo. — Tira o arreio, Zeb, eu preciso ficar livre da carruagem para poder lutar bem.

— O Jim está certo — suspirou o Mágico. — Vamos ter problemas, e a minha espada não é forte o bastante para cortar esses corpos de madeira, então eu vou pegar os meus revólveres...

Ele pegou a bolsa-carteiro da carruagem, abriu-a e tirou dois revólveres que pareciam ser fatais, fazendo as crianças se afastarem de medo só de olhar para eles.

— Que mal as "gorgolas" podem nos causar? — perguntou Dorothy. — Elas não têm armas para nos machucar.

— Cada braço delas é um taco de madeira, e eu tenho certeza de que essas criaturas pretendem fazer maldades, pelo jeito que estão nos encarando — respondeu o homenzinho. — Mesmo esses revólveres podem causar apenas um pouco de dano em seus corpos de madeira, e depois disso estaremos à mercê delas.

— Mas, nesse caso, por que lutar? — perguntou a menina.

— Porque assim eu posso morrer com a consciência tranquila – afirmou o Mágico, com seriedade. — É o dever de todo homem fazer o melhor que sabe, e é isso o que eu vou fazer.

— Eu queria ter um machado – disse Zeb, que já tinha soltado o cavalo.

— Se nós soubéssemos, poderíamos ter trazido conosco muitas outras coisas úteis – falou o Mágico.

— Mas nós caímos nesta aventura de uma forma muito inusitada.

As Gárgulas afastaram-se um pouco quando ouviram a conversa porque, apesar de os nossos amigos falarem em voz baixa, as palavras deles pareciam altas naquele silêncio. Assim que pararam de conversar, porém, as criaturas feias rangeram os dentes levantaram-se em bando e voaram rápido em direção aos estrangeiros, com aqueles braços longos e fortes esticados à frente do corpo – como se fossem os mastros de uma grande frota de veleiros. O cavalo atraiu especialmente a sua atenção porque era a maior e mais estranha criatura que já tinham visto e, assim, tornou-se o alvo do primeiro ataque.

No entanto, Jim estava pronto; e, ao avistar o iminente ataque, virou-se de costas e começou a escoicear o mais forte que conseguiu. As ferraduras do cavalo faziam *crack!*, *crash!*, *bang!* contra os corpos de madeira das Gárgulas, que foram golpeadas a torto e a direito com tanta força que se espalharam como palhas no vento. O estrondo ruidoso parecia ser tão terrível para elas quanto os próprios cascos que as atingiam, por isso todas as que conseguiram rapidamente se viraram e voaram para bem longe. As demais levantaram-se do chão, uma por uma, e logo se juntaram às companheiras.

Por um momento, o cavalo até pensou que tivesse ganhado a luta com facilidade. O Mágico, contudo, não estava tão confiante.

— É impossível machucar essas coisas de madeira, e todo o dano que Jim causou a elas foi apenas quebrar algumas lascas dos seus narizes e orelhas. Isso não vai deixá-las mais feias, tenho certeza disso; e, na minha opinião, elas vão atacar de novo.

— Por que elas voaram para longe? – perguntou Dorothy.

— Por causa do barulho, é claro. Não lembra como o campeão conseguiu escapar delas com o grito de guerra?

— Acho que deveríamos escapar descendo as escadas – sugeriu o menino. – Nós temos tempo agora, e eu prefiro encarar os ursos invisíveis a esses monstrinhos de madeira.

— Não! – falou Dorothy, com firmeza. – Não podemos voltar para onde estávamos, porque assim jamais voltaríamos para casa. Vamos lutar.

— Isso é o que eu recomendo também – disse o Mágico. – Ainda não fomos derrotados, e Jim vale por um exército inteiro.

As Gárgulas, porém, foram sagazes o suficiente para não atacar o cavalo na segunda investida. Elas avançaram com uma grande multidão;

muitas outras juntaram-se ao ataque e voaram direto sobre a cabeça de Jim, para onde os nossos amigos estavam.

O Mágico apontou um dos revólveres e atirou no bando de inimigos voadores. O tiro ressoou como um trovão naquele lugar silencioso. Alguns seres de madeira caíram no chão e ficaram com todos os seus membros estremecendo, mas a maior parte conseguiu arrastar-se e escapar para longe de novo.

Zeb correu e pegou uma das Gárgulas que estava deitada mais perto dele. No topo da cabeça dela havia uma coroa entalhada, e uma das balas do Mágico tinha acertado exatamente o olho esquerdo, que era um nó duro de madeira. Metade da bala estava presa na madeira e a outra metade estava para fora, então foi o impacto do projétil e o barulho repentino que haviam derrubado a criatura. Ela não estava de fato machucada. Antes que aquela gárgula com a coroa tivesse se recuperado, Zeb enrolou uma correia diversas vezes em volta do corpo dela, prendendo-lhe as asas e os braços para impedi-la de voar. Depois de deixar a criatura bem presa, o menino afivelou a correia e jogou a prisioneira dentro da carruagem. Quando terminou de fazer aquilo, os outros já tinham se afastado.

12.
UMA FUGA MARAVILHOSA

Por um momento, o inimigo hesitou em fazer um novo ataque; mas alguns deles chegaram a avançar, até que outro tiro do revólver do Mágico os fez recuar.

– Está tudo bem – disse Zeb. – Nós estamos com a vantagem agora, com certeza.

– Mas só por um tempo – respondeu o Mágico, sombrio, balançando a cabeça. – Cada revólver desse comporta apenas seis tiros; quando as balas acabarem, estaremos perdidos.

As Gárgulas pareciam saber disso, porque enviavam alguns do seu grupo de tempos em tempos para atacar os estrangeiros e acabar com as balas dos revólveres do homenzinho. Dessa forma, nenhum deles ficava abalado pelo estampido assustador mais de uma vez: bando principal mantinha-se bem longe e, a cada vez, um novo grupo era enviado para a batalha. Depois de o Mágico atirar todas as doze balas, o inimigo ainda não havia sofrido danos a não ser atordoar alguns com o barulho, mas não estavam mais próximos da vitória do que quando começou o confronto.

— O que faremos agora? — perguntou Dorothy, ansiosa.

— Vamos gritar todos juntos — disse Zeb.

— E lutar ao mesmo tempo — acrescentou o Mágico. — Vamos ficar perto do Jim; assim ele pode nos ajudar, e cada um de nós deve pegar algo para usar como arma e fazer o melhor que puder. Eu vou usar a minha espada, apesar de não servir para muita coisa nesta situação. Dorothy deve usar a sombrinha e abri-la de repente, quando as pessoas de madeira a atacarem. Eu não tenho nada para você, Zeb.

— Eu vou usar o rei — disse o menino, tirando o prisioneiro da carruagem. Zeb descobriu que o rei serviria como um bom taco se o segurasse pelos pulsos, porque amarrara os braços da gárgula-rei esticados acima da cabeça. O menino era forte, por causa do tempo em que trabalhara na fazenda; provavelmente ele se mostraria mais perigoso para o inimigo do que o Mágico.

Quando o próximo grupo de Gárgulas avançou, os nossos aventureiros começaram a gritar como se tivessem enlouquecido. Mesmo a gatinha dava gritos assustadoramente estridentes e, ao mesmo tempo, Jim, o cavalo de charrete, relinchava de um jeito estrondoso. Aquilo assustou o inimigo por um tempo, mas os defensores logo perderam o fôlego. Ao perceberem que isso tinha acontecido, junto com o fato de não haver mais os horríveis "bangs" vindos dos revólveres, as Gárgulas avançaram em uma multidão tão densa quanto um enxame de abelhas, chegando a escurecer o ar.

Dorothy agachou-se no chão embaixo da sombrinha aberta. Ela quase a cobria, o que se revelou uma grande proteção. A espada do Mágico quebrou-se em dezenas de pedaços no primeiro golpe contra as pessoas de madeira. Usando a gárgula como um taco, Zeb bateu com tanta violência que derrubou dúzias de inimigos, mas, no fim, eles se aglomeraram de tal forma que o menino não teve mais espaço para mover os braços e atingi-los. O cavalo deu alguns coices impressionantes, e mesmo

Eureka ajudou quando pulou corajosamente sobre as Gárgulas, arranhando-as e mordendo-as como um gato selvagem.

Contudo, toda aquela bravura não havia servido para nada. As coisas de madeira prendiam seus longos braços em volta de Zeb e do Mágico, segurando-os bem apertado. Dorothy foi capturada do mesmo jeito, e muitas Gárgulas penduraram-se nas pernas de Jim fazendo tanto peso para baixo que o pobre animal não podia se mexer. Eureka fez uma tentativa desesperada para fugir e correu velozmente junto ao chão como se fosse uma raia, mas uma Gárgula sorridente voou atrás dela e a pegou antes que pudesse ir muito longe.

Nenhum deles esperava nada além de morte instantânea; mas, para a surpresa de todos, as criaturas de madeira levantaram voo, carregando-os por quilômetros e quilômetros pelo país de madeira, até chegarem a uma cidade de madeira. As casas daquela cidade eram muito anguladas: quadradas, hexagonais e octogonais, em formato de torre. A maior delas parecia velha e desgastada pelo tempo; ainda assim, todas eram fortes e sólidas.

Uma dessas casas, que não tinha portas nem janelas, apenas uma única abertura ampla pouco abaixo do telhado, foi o local escolhido pelos inimigos para deixar os prisioneiros. As Gárgulas os empurraram com violência para dentro da abertura, onde havia uma plataforma, e depois voaram para longe. Como os estrangeiros não tinham asas, não conseguiriam voar para longe; e, se pulassem daquela altura, certamente morreriam. As criaturas tinham consciência o suficiente para pensar dessa forma; o único erro que cometeram foi achar que as pessoas da superfície da Terra seriam incapazes de superar dificuldades tão ordinárias.

Jim foi trazido com os outros, apesar de terem sido necessárias muitas Gárgulas para carregar o grande animal pelo ar e deixá-lo no alto da plataforma. A carruagem foi jogada depois dele, porque pertencia ao grupo – e as pessoas de madeira não faziam ideia de como aquilo poderia ser usado, ou se tinha vida ou não. Depois de largar Eureka junto com os outros, a última gárgula silenciosa desapareceu, deixando os nossos amigos respirarem livres mais uma vez.

– Que luta horrível! – disse Dorothy, recuperando o fôlego com pequenas arfadas.

– Ah, eu não sei – ronronou Eureka, alisando o pelo bagunçado com a patinha. – Não conseguimos machucar ninguém, e ninguém conseguiu nos machucar.

— Graças a Deus estamos juntos de novo, mesmo como prisioneiros – suspirou a garotinha.

— Eu gostaria de saber por que não nos mataram no local – comentou Zeb, que perdera o rei durante a luta.

— Provavelmente eles estão nos mantendo para alguma cerimônia – respondeu o Mágico, pensativo. – Mas não há dúvida de que pretendem nos deixar mortinhos da silva o mais rápido possível.

— *Mortinhos da silva* seria muito morto mesmo, não é? – perguntou Dorothy.

— Sim, minha querida. Mas não precisamos nos preocupar com isso por agora. Vamos examinar a nossa prisão e ver como ela é.

O espaço embaixo do telhado onde estavam permitia que eles tivessem uma visão de todos os lados do prédio alto, e os nossos amigos observaram com muita curiosidade a cidade espalhada abaixo deles. Todas as coisas visíveis eram feitas de madeira, e o cenário parecia rígido e extremamente anormal.

Da plataforma onde estavam, havia uma escada que descia por dentro da casa; as crianças junto com o Mágico desceram por ela, depois de acender uma lamparina para iluminar o caminho. Não descobriram nada além de muitos andares com quartos vazios; por isso, depois de algum tempo, voltaram para a plataforma. Se houvesse portas ou janelas nos quartos do andar de baixo, ou se as tábuas da casa não fossem tão espessas e fortes, a fuga poderia ser fácil; mas permanecer no andar de baixo era como estar no porão de um navio, e eles não gostavam da escuridão nem do cheiro de umidade.

Naquele país, assim como em todos os outros que visitaram embaixo da superfície da Terra, não havia noite; apenas uma luz forte e constante, vindo de alguma fonte desconhecida. Olhando para fora, nas casas próximas, onde havia muitas janelas abertas, eles podiam distinguir as formas das Gárgulas de madeira movendo-se dentro delas.

— Parece que este é o momento de descanso delas — observou o Mágico. — Todas as pessoas precisam descansar, mesmo que sejam feitas de madeira; e, como não existe noite aqui, elas escolhem um certo momento do dia para dormir ou cochilar.

— Eu também estou com sono — comentou Zeb, bocejando.

— Ué, onde está Eurcka? — gritou Dorothy de repente.

Todos olharam em volta, mas não encontraram a gatinha em lugar nenhum.

— Ela saiu para dar uma volta — disse Jim, com voz rouca.

— Onde? No telhado? — perguntou a menina.

— Não, ela apenas cravou as garras na madeira e *desceu para baixo* até o chão, pela lateral desta casa.

— Ela não poderia descer *para baixo*, Jim — disse Dorothy. — Descer já é para baixo.

— Quem disse? — perguntou o cavalo.

— A minha professora da escola, e ela sabe muita coisa, Jim.

— "Descer para baixo" é uma figura de linguagem — comentou o Mágico.

— Bem, na verdade foi uma figura de gato — disse Jim. — De qualquer forma, ela *desceu*; se escalando ou rastejando, tanto faz.

— Poxa! Como Eureka é imprudente! — exclamou a menina, muito angustiada. — As "gorgolas" vão pegá-la com certeza!

— Hahaha! — riu o velho cavalo de charrete. — Elas não se chamam "gorgolas", mocinha, e sim Gárgulas.

— Não importa, elas vão pegar Eureka, seja lá qual for o nome que tenham.

— Não, elas não vão — afirmou a voz da própria Eureka, que veio rastejando sobre a borda da plataforma e sentou-se quietinha no chão.

— Onde você estava, Eureka? — perguntou Dorothy, com firmeza.

— Observando as pessoas de madeira. Elas são muito engraçadas, para dizer o mínimo, Dorothy. Agora mesmo, todas estão indo para a cama. Aí... elas desprendem as dobradiças das asas e as deixam em um canto, até acordarem de novo. O que acha disso?

— Do quê? Das dobradiças?

— Não, das asas.

— Isso explica por que esta casa é usada por eles como prisão — afirmou Zeb. — Se alguma gárgula fizer algo errado e tiver que ser presa, as outras a trazem para cá e a deixam sem asa, até que ela prometa ser boa.

O Mágico ouviu atentamente o que Eureka disse.

— Queria que nós tivéssemos algumas dessas asas soltas — declarou ele.

— Poderíamos voar com elas? — perguntou Dorothy.

— Eu acho que sim. Se as Gárgulas podem desprender as asas, então o poder de voar está nelas, e não nos corpos de madeira. Se tivermos as asas, provavelmente conseguiremos voar como elas fazem... pelo menos enquanto estivermos no país delas e sob o encanto da magia daqui.

— Mas como isso vai nos ajudar a voar? — questionou a menina.

— Vem cá — disse o homenzinho, levando-a para um dos cantos do prédio. Ele continuou, apontando o dedo. — Está vendo aquela grande rocha além da encosta?

— Estou. Ela está a uma boa distância daqui, mas consigo vê-la — respondeu Dorothy.

— Bem, dentro dessa rocha que adentra as nuvens, há uma entrada em arco muito parecida com a que atravessamos saindo do Vale das Vozes para subir a escada caracol. Eu vou pegar a minha luneta, e então você poderá ver mais nitidamente.

Ele pegou um pequeno e potente telescópio que estava em sua bolsa-carteiro e, com a ajuda de Oz, a garotinha viu a abertura com muita clareza.

— Para onde ela leva? — Dorothy perguntou.

— Isso eu não sei dizer — falou o Mágico. — Mas agora não devemos estar muito abaixo da superfície da Terra, e essa entrada pode nos conduzir para outra escada que nos levará novamente para casa. Por isso, se tivermos as asas e conseguirmos escapar das Gárgulas, poderemos voar para essa rocha e estaremos salvos.

— Eu vou pegar as asas — disse Zeb, que ouvira a conversa com atenção. — Isto é, se a gatinha me mostrar onde elas estão.

— Mas como você vai descer? — perguntou a menina, que não sabia como isso seria possível.

Como resposta, Zeb começou a soltar o arreio do Jim, correia por correia, e afivelou uma parte à outra até fazer uma longa tira de couro que chegava até o chão.

— Eu posso muito bem "descer para baixo" com isso — respondeu o menino.

— Não, não pode — comentou Jim, com um brilho divertido nosa olhos redondos. — Você não pode descer *para baixo*, porque *descer* já é para baixo.

— Bem, eu vou descer então — disse o menino, dando uma risada. — Agora, Eureka, você tem que mostrar o caminho para essas asas.

— Você precisa ser muito silencioso — avisou a gatinha. — Se você fizer o menor barulho, vai acordar as Gárgulas. Elas conseguem ouvir um alfinete cair no chão.

— Eu não vou derrubar um alfinete — falou Zeb.

O menino prendeu uma ponta da correia na roda da carruagem e desceu a corda improvisada pela parede.

— Tenha cuidado — pediu Dorothy, séria.

— Eu terei — respondeu o menino, que se deixou escorregar pela borda.

A menina e o Mágico inclinaram-se e observaram Zeb fazer o seu caminho para baixo cuidadosamente, até chegar ao chão. Eureka cravou as garras na madeira e desceu com facilidade. Depois, eles rastejaram juntos para entrar pela abertura baixa de uma casa vizinha.

Os observadores aguardavam em suspense e prendendo a respiração, até que o menino apareceu com os braços cheios de asas de madeira.

Quando Zeb voltou para onde a correia estava pendurada, amarrou todas as asas na ponta da corda, e o Mágico as puxou para a plataforma. Depois, desceu a corda novamente para que Zeb pudesse subir. Eureka o seguiu rapidamente, e logo todos estavam juntos sobre a plataforma, com oito valiosas asas de madeira.

Zeb não estava mais com sono, e sim cheio de energia e entusiasmo. Ele desfez a corda, arrumou o arreio e depois prendeu Jim à carruagem. Em seguida, com a ajuda do Mágico, tentou prender algumas das asas no velho cavalo de charrete.

Aquela não foi uma tarefa fácil, porque faltava metade dos parafusos das asas, que deviam estar presos ao corpo da Gárgula a quem elas pertenciam. No entanto, o Mágico recorreu mais uma vez a sua bolsa-carteiro (que parecia conter uma surpreendente variedade de quinquilharias) e pegou um carretel de arame forte, que eles usaram para prender quatro asas no arreio do Jim: duas perto da cabeça, e duas perto do rabo. Elas estavam um pouco bambas, mas seguras o suficiente. Se pelo menos o arreio conseguisse se manter inteiro... As outras quatro asas foram presas na carruagem, duas de cada lado, porque ela precisava suportar o peso das crianças e do Mágico quando voasse.

Essas preparações não levaram muito tempo, mas as Gárgulas adormecidas estavam começando a acordar e se mexer. Logo algumas começariam a procurar pelas asas desaparecidas. Por isso, os prisioneiros resolveram deixar a prisão imediatamente. Eles subiram na carruagem: Dorothy, segurando com firmeza Eureka no colo, sentou-se no meio entre Zeb e o Mágico. Quando tudo estava pronto, o menino balançou as rédeas e disse:

— Voe para longe, Jim!

— Quais asas devo bater primeiro? – perguntou o cavalo de charrete, indeciso.

— Todas as asas juntas! – sugeriu o Mágico.

– Algumas estão tortas – reclamou o cavalo.

– Não se preocupe, nós também vamos guiar com as asas da carruagem – disse Zeb. – Apenas voe em direção àquela rocha, Jim, não perca mais tempo com isso.

Então o cavalo grunhiu, bateu as quatro asas juntas e voou para fora da plataforma. Dorothy estava um pouco ansiosa e duvidava do sucesso daquela fuga; porque a forma como Jim arqueava o longo pescoço e chutava o ar com as suas pernas ossudas enquanto voava era o suficiente para deixar qualquer um nervoso. Ele também soltava alguns gemidos, como se estivesse assustado; e as asas chiavam assustadoramente, porque o Mágico tinha se esquecido de colocar óleo nelas. Apesar de tentarem algo que não sabiam se daria certo, voaram por um bom tempo com as asas da carruagem, conseguindo um progresso excelente desde que começaram a jornada. A única coisa que qualquer um poderia reclamar, e com razão, era o fato de oscilarem primeiro para cima, depois para baixo, como se o caminho fosse acidentado em vez de ser tranquilo, como o ar poderia ser.

No entanto, o ponto principal era que estavam voando, mesmo que um pouco desajeitados, em direção à rocha que era o seu destino.

Algumas Gárgulas os viram, e não tardaram em juntar um grupo e perseguir os prisioneiros em fuga. Quando Dorothy olhou para trás, viu as criaturas que vinham em seu encalço como uma grande nuvem, que quase escurecia o céu.

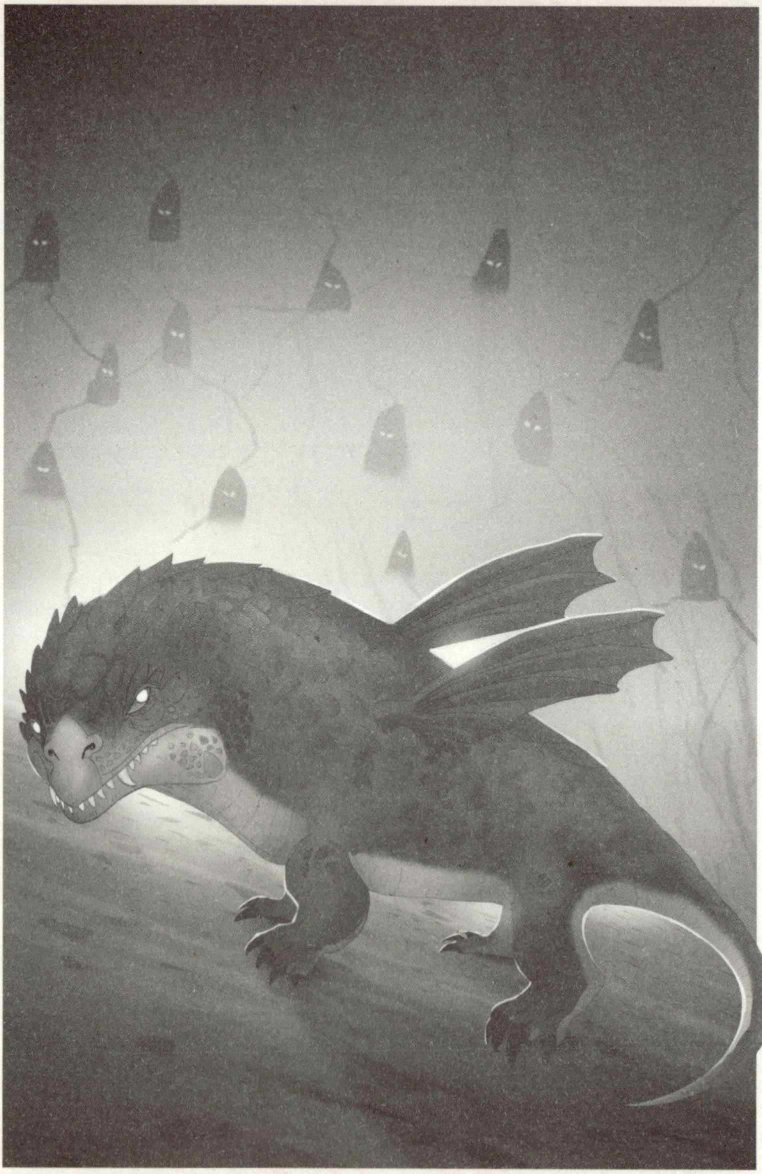

13.
A COVA DOS DRAGONETES

Os nossos amigos começaram bem, e obtiveram sucesso em sua fuga; pois, com as oito asas, conseguiram ser tão rápidos quanto as Gárgulas. Eles foram perseguidos por todo o caminho até a grande rocha e, quando Jim finalmente aterrissou na entrada da caverna, seus inimigos ainda estavam a alguma distância deles.

— Mas ainda tenho medo de que nos capturem — disse Dorothy, muito ansiosa.

— Não, nós precisamos pará-los — declarou o Mágico. — Rápido, Zeb, me ajude a tirar essas asas de madeira!

Eles arrancaram as asas do arreio e da carruagem, porque elas não teriam mais utilidade, e o Mágico empilhou-as bem do lado de fora da entrada da caverna. Depois, molhou-as com o que restava de querosene na lata e acendeu um fósforo para pôr fogo na pilha.

As chamas subiram imediatamente, e a fogueira começou a fazer fumaça, ruídos e estalos assim que o grande exército das Gárgulas de madeira chegou. As criaturas recuaram na mesma hora, cheias de medo e horror ao ver uma coisa tão assustadora quanto o fogo, algo que jamais tinham visto em toda a história daquele país de madeira.

Dentro da entrada em arco, havia muitas portas de madeira que levavam para diferentes espaços construídos na montanha; então, Zeb e o Mágico aproveitaram para tirá-las das dobradiças e jogá-las nas chamas.

— Isso funcionará como barreira por algum tempo — disse o homenzinho, com um sorriso de prazer iluminando o rosto enrugado, diante do sucesso da estratégia deles. — Talvez as chamas incendeiem todo este desagradável país de madeira; e, se isso acontecer, ninguém sentirá falta das Gárgulas. Mas vamos, minhas crianças, vamos explorar a montanha e descobrir por qual caminho devemos ir para sair desta caverna, que está ficando quase tão quente quanto um forno.

Para a decepção deles, dentro daquela montanha não havia lances de degraus regulares pelos quais pudessem subir até a superfície da Terra. Uma espécie de túnel inclinado conduzia para cima, por um caminho com chão irregular e íngreme. Além disso, uma curva repentina os levou para um corredor estreito por onde a carruagem não conseguia passar. Por um tempo, aquilo os atrasou e os preocupou porque não queriam deixá-la para trás. A carruagem era útil para levar a bagagem deles e, sempre que encontravam boas estradas, podiam subir no veículo e seguir viagem. Além disso, esteve presente desde o início da aventura, motivo pelo qual sentiam que era um dever ficar com ela. Por isso, Zeb e o Mágico colocaram mãos à obra, tirando as rodas e o teto e deitando a carruagem de lado, para ocupar o menor espaço possível. Dessa forma, com a ajuda do paciente cavalo de charrete, conseguiram empurrar o veículo através da estreita passagem. Felizmente, não era uma grande distância e, assim que o caminho ficou largo o suficiente, os nossos amigos encaixaram as rodas e o teto da carruagem e continuaram a viagem com mais conforto. Contudo, o percurso não era nada mais do que uma série de brechas ou fendas na montanha que ziguezagueavam em todas as direções, inclinando primeiro para cima e depois para baixo, até deixá-los confusos e sem saber se estavam mais perto da superfície da Terra do que quando começaram, horas antes.

– De qualquer forma, escapamos daquelas "gorgolas" horríveis, e *isso* é reconfortante! – disse Dorothy.

– Provavelmente, as Gárgulas ainda estão ocupadas tentando apagar o fogo – falou o Mágico. – Só que, ainda que consigam apagá-lo, seria muito difícil para elas voarem no meio dessas rochas, por isso eu tenho certeza de que não precisamos mais ter medo daquelas criaturas.

De vez em quando, os nossos amigos deparavam-se com uma fenda profunda no chão, o que tornava o caminho muito perigoso. Ainda havia querosene suficiente nas lamparinas para fornecer luminosidade; além disso, as fendas não eram tão largas, o que lhes permitia pular sobre elas. Algumas vezes, tiveram que subir sobre pilhas de rochas soltas, por onde Jim puxava a carruagem com muita dificuldade. Nesses momentos, Dorothy, Zeb e o Mágico empurravam o veículo e levantavam as rodas sobre os lugares mais difíceis, conseguindo seguir em frente à custa de muito trabalho árduo. O pequeno grupo estava muito cansado e desanimado quando enfim, virando um esquina acentuada, viram-se em uma caverna ampla, com um teto muito elevado sobre as suas cabeças e um chão regular e nivelado.

A caverna tinha formato circular e, em toda a borda próxima do chão, havia conjuntos de luzes amarelas opacas, agrupadas de duas em duas. No começo estavam paradas, mas logo começaram a oscilar de forma mais brilhante e balançar devagar de um lado a outro e, depois, para cima e para baixo.

– Que tipo de lugar é este? – perguntou o menino, tentando enxergar melhor através da escuridão.

– Eu definitivamente não faço ideia – respondeu o Mágico, também tentando ver.

– Grrrr! – rosnou Eureka, arqueando as costas até arrepiar todo o seu pelo. – É uma cova de jacarés ou crocodilos, ou de alguma outra criatura assustadora! Vocês não conseguem ver esses olhos terríveis?

– Eureka enxerga melhor no escuro do que nós – sussurrou Dorothy. – Conte-nos, querida, como são essas criaturas? – perguntou a menina, dirigindo-se à gatinha.

— Simplesmente não dá para... — respondeu a gatinha, estremecendo. — Os olhos delas são como pratos de torta, e as bocas como os baldes que carregam carvão, mas os corpos não parecem muito grandes.

— Onde elas estão? — perguntou a menina.

— Em pequenas aberturas por toda a borda desta caverna. Ah, Dorothy... você não consegue imaginar como essas coisas são horríveis! São mais feias que as Gárgulas.

— Tsc-tsc! Cuidado com o jeito como criticam os seus vizinhos — falou alguém por perto, com uma voz áspera. — Na verdade, vocês que são umas criaturas muito feias, isso, sim! E eu garanto que a mamãe sempre nos diz que somos as coisas mais lindas e adoráveis em todo o mundo.

Ouvindo essas palavras, os nossos amigos viraram-se em direção ao som, e o Mágico segurou a lamparina de modo a iluminar uma das pequenas aberturas na rocha.

— Minha nossa, é um dragão! — exclamou ele.

— Não! — respondeu o dono dos grandes olhos amarelos que piscavam constantemente para eles — Você está errado. Nós vamos crescer e seremos dragões um dia, mas agora somos apenas dragonetes.

— O que são vocês? — perguntou Dorothy, olhando assustada para a grande cabeça escamosa, a boca escancarada e os olhos grandes.

— Jovens dragões, é claro, mas não temos permissão para nos chamar de dragões de verdade até atingirmos o desenvolvimento completo — respondeu. — Os grandes dragões são muito orgulhosos e não dão muito valor às crianças, mas a mamãe disse que um dia seremos muito poderosos e importantes.

— Onde está a sua mãe? — perguntou o Mágico, olhando ansiosamente em volta.

— Ela foi para a superfície da Terra caçar o nosso jantar. Se ela tiver sorte, trará um elefante, alguns rinocerontes, ou talvez algumas dúzias de pessoas para matar a nossa fome.

— Ah, vocês estão com fome? — perguntou Dorothy, recuando.

— Muita! — disse o dragonete, estalando a mandíbula.

— E... e... vocês comem pessoas?

— Mas é claro! Quando conseguimos pegá-las. Mas elas têm sido muito raras já faz alguns anos, e normalmente temos que nos contentar com elefantes ou búfalos – respondeu a criatura, lamentando-se.

– Quantos anos você tem? – perguntou Zeb, enquanto olhava para aqueles olhos amarelos como se estivesse fascinado.

– Muito jovem, eu lamento dizer, e todos os meus irmãos e irmãs, que vocês veem aqui, têm praticamente a minha idade. Se eu não me engano, completamos 66 anos de idade antes de ontem.

– Mas isso não é jovem! – gritou Dorothy, espantada.

– Não? – falou o dragonete, com voz arrastada. – É muito bebezinho para mim.

– Quantos anos tem a sua mãe? – perguntou a menina.

– A mamãe tem uns 2 mil anos de idade, mas ela foi muito descuidada. Ela perdeu a conta há alguns séculos, e pulou muitas centenas. Ela é um pouco exigente, sabe, e tem medo de ficar velha, porque ainda é uma viúva enxuta.

– Eu acho que sei, sim – concordou Dorothy. Então, depois de ponderar por um momento, perguntou: – Nós somos amigos ou inimigos? Eu quero dizer, vocês serão bons para nós, ou pretendem nos comer?

– Bem, nós dragonetes adoraríamos comê-los, minha criança, mas infelizmente a mamãe amarrou as nossas caudas em volta das rochas no fundo das nossas cavernas individuais, por isso não podemos rastejar para pegá-los. Se vocês chegarem mais perto, nós os comeremos de uma bocada em um piscar de olhos! Mas, a menos que façam isso, continuarão completamente seguros.

Havia um tom de mágoa na voz da criatura e, com essas palavras, todos os outros dragonetes suspiraram tristes.

Dorothy sentiu-se aliviada e, pouco tempo depois, perguntou:

— Por que a mãe de vocês amarra as suas caudas?

— Ah, é que as vezes ela demora muitas semanas nas viagens de caça e, se não estivermos amarrados, nós nos rastejamos por toda a montanha e lutamos uns contra os outros, entramos em um monte de confusões. Em geral, a mamãe sabe o que faz, mas desta vez cometeu um erro; porque vocês com certeza vão fugir ilesos, a menos que cheguem muito perto! E tenho quase certeza de que, vocês não farão isso.

— Não mesmo! — disse a garotinha. — Nós não queremos ser devorados por feras tão horríveis.

— Permita-me dizer: você é muito mal-educada! Você nos chama de nomes feios, sabendo que não podemos ficar ressentidos por seus insultos – falou o dragonete. – Nós nos consideramos muito bonitos porque a mamãe nos diz isso e ela sabe das coisas. Nós somos de uma excelente família! E desafio qualquer humano a igualar nossa linhagem, porque ela remonta a vinte mil anos atrás, aos tempos do famoso Dragão Verde de Atlantis, que viveu em uma época na qual os humanos ainda nem haviam sido criados. Você consegue competir com isso, garotinha?

– Bem, eu nasci em uma fazenda no Kansas, e eu acho que isso é tão respeitável e motivo de orgulho quanto viver em uma caverna com a cauda amarrada a uma rocha – respondeu Dorothy. – Se não for, só me resta aceitar.

– Parece diferente – murmurou o dragonete, baixando devagar as pálpebras escamosas sobre os olhos amarelos, até que ficassem parecendo meias-luas.

Estando convictos de que as criaturas não poderiam rastejar para fora de suas cavernas individuais, as crianças e o Mágico gastaram um tempo examinando os dragonetes mais de perto. As cabeças desses animais eram tão grandes quanto barris, e cobertas com duras escamas verdes que reluziam com forte brilho sob a luz das lamparinas.

As patas da frente cresciam logo atrás das cabeças e também eram fortes e grandes, mas seus corpos eram menores que as cabeças e iam diminuindo em uma longa linha reta até as caudas, finas como um cadarço. Dorothy pensou que, se eles tinham levado sessenta e seis anos para ficarem daquele tamanho, levaria pelo menos mais uns cem anos até terem a esperança de serem chamados de dragões. Parecia ser um bom tempo de espera para crescer.

– Agora que me dei conta de que devemos sair deste lugar antes que a mamãe dragão volte – disse o Mágico.

– Não tenham pressa – falou um dos dragonetes. – A mamãe vai ficar feliz em conhecê-los, tenho certeza.

– Você pode estar certo, mas nós temos um pouco de reserva com nos relacionar com estranhos – respondeu o Mágico. – Você nos faria a gentileza de nos dizer para qual lado sua mãe foi para chegar à superfície da Terra?

– Isso não é pergunta que se faça – declarou outro dragonete. – Porque, se falarmos a verdade, vocês poderiam escapar completamente de nós; e, se mentirmos, estaríamos sendo malcriados e mereceríamos um castigo.

– Então, precisamos dar o nosso jeito da melhor forma possível – afirmou Dorothy.

Eles circularam pela caverna, mantendo uma boa distância dos olhos amarelos e piscantes dos dragonetes, até que descobriram que, na parede oposta à que entraram, havia dois caminhos que levavam para fora. Eles escolheram um por impulso e correram o mais rápido que conseguiram, pois não faziam ideia de quando a mamãe dragão voltaria e estavam muito apreensivos com a possibilidade de encontrá-la.

14.
OZMA USA O CINTO MÁGICO

Por uma distância considerável, o caminho conduzia sempre para cima com uma inclinação suave. Isso permitiu aos viajantes fazer um progresso tão bom que ficaram esperançosos e animados, pensando que poderiam ver o brilho do sol a qualquer minuto. Contudo, depararam-se com uma imensa rocha que bloqueava a passagem, impedindo-os de dar mais um passo adiante.

No entanto, aquela rocha estava solta do resto da montanha e em constante movimento, rolando lentamente para um lado e para o outro como se estivesse sobre um trilho. Quando nossos amigos chegaram ao local, viram apenas uma grande parede sólida bloqueando o caminho; mas qual não foi a sua surpresa, quando a parede se moveu e revelou uma passagem ampla e tranquila para o outro lado.

Aquilo foi tão inesperado que eles ficaram ali paralisados, sem conseguir aproveitar a oportunidade; e assim a parede rochosa rolou novamente, antes que eles decidissem atravessar. Mas agora eles sabiam que havia uma forma de escapar, e esperaram pacientemente até que a passagem surgisse outra vez.

As crianças e o Mágico apressaram-se e correram para a passagem através da rocha em movimento, chegando ao outro lado em segurança (apesar de ficarem quase sem ar). Jim, o cavalo de charrete, atravessou por último e quase foi atingido pela parede rochosa; pois, assim que ele pisou do outro lado, uma das rodas da carruagem atingiu uma pedra solta, que caiu na fenda estreita onde a rocha se movia e ficou presa ali.

Eles ouviram o som alto de algo se quebrando, sendo triturado e moído, e por fim a parede rochosa parou de se movimentar, fechando completamente o caminho por onde vieram.

— Não faz mal! — disse Zeb. — De qualquer forma, não queremos voltar mesmo.

— Eu não tenho tanta certeza disso — comentou Dorothy. — A mamãe dragão pode aparecer e nos pegar aqui.

— Realmente, isso pode acontecer — concordou o Mágico. — Isso se este for o caminho que ela normalmente usa. Mas eu estive examinando este túnel, e não vi sinal algum de que uma fera tão grande tenha passado por ali.

— Então, estamos bem — disse a menina. — Se a mamãe dragão foi por outro caminho, ela não poderá mais nos pegar.

— Exato, minha querida. Porém, tem outra coisa que precisamos considerar. A mamãe dragão provavelmente sabe o caminho para a superfície da Terra; e, se ela foi pelo outro caminho, então nós escolhemos o caminho errado — disse o Mágico, pensativo.

— Essa não! — choramingou Dorothy. — Isso seria uma tremenda falta de sorte, não é?

— Muita. A menos que esta passagem também leve para o topo da Terra — disse Zeb. — Se conseguirmos sair daqui, eu já estarei feliz só por termos saído do alcance da mamãe dragão.

— Eu também — respondeu Dorothy. — Já bastam aqueles dragonetes atrevidos terem esfregado a origem deles na nossa cara. Ninguém sabe o que a mãe faria.

Continuaram em frente, arrastando-se devagar por outra inclinação íngreme. A luz das lamparinas começou a enfraquecer, e o Mágico derramou o que restava de querosene de uma para a outra, para que a luz durasse mais um pouco. Contudo, a jornada estava quase no fim, pois em pouco tempo chegaram a uma pequena caverna sem saída.

A princípio, não perceberam o azar que tiveram, porque estavam contentes de ver um raio de sol brilhando sobre suas cabeças, através de uma pequena fenda lá no teto da caverna. Isso significava que o seu mundo (o mundo real) não estava tão longe assim, e essa sucessão de aventuras perigosas pelas quais tinham passado finalmente os tinha levado para perto da superfície da Terra, o que significava casa para eles. Contudo, quando os aventureiros olharam com mais cuidado à sua volta, descobriram que estavam confinados em uma sólida prisão, da qual não havia esperança de fuga.

— Mas nós estamos quase na superfície da Terra de novo! – choramingou Dorothy. – Porque o sol está ali... o mais lindo e brilhante sol! – ela apontou com entusiasmo para a fenda no distante teto.

— Quase na superfície não é estar nela – disse a gatinha, muito descontente. – Até para mim seria impossível chegar àquela fenda, ou passar por ela se eu chegasse até lá...

— Parece que o caminho acaba aqui – anunciou o Mágico com tristeza.

— E não tem como voltar – acrescentou Zeb, com um assobio baixo, sem acreditar.

— Eu sabia que ia acabar assim – comentou o velho cavalo de charrete. – As pessoas não caem no centro da Terra e conseguem voltar para contar as suas aventuras... não na vida real. E tudo ainda está muito esquisito, porque essa gata e eu ainda somos capazes de falar a língua dos humanos e entender o que vocês dizem.

— E os nove leitõezinhos também! – Acrescentou Eureka. – Não se esqueça deles, porque eu posso ter que comê-los, no fim das contas.

— Eu já ouvi animais falarem antes, e isso não foi problema nenhum – disse Dorothy.

— Alguma vez você esteve presa em uma caverna no centro da Terra sem nenhum jeito de sair? – perguntou o cavalo, sério.

— Não — respondeu Dorothy. — Mas não desanime, Jim, porque eu tenho certeza de que, custe o que custar, este não é o fim da nossa história.

A menção aos leitõezinhos fez o Mágico se lembrar de que seus animaizinhos não tinham se exercitado muito ultimamente, e deviam estar cansados de ficarem presos no bolso. Então, ele sentou-se no chão da caverna, tirou os leitõezinhos, um por um, e permitiu que eles corressem o quanto quisessem.

— Meus queridos, receio tê-los colocado em muitos problemas, e agora vocês jamais conseguirão sair desta caverna sombria — disse Oz para eles.

— O que aconteceu? — perguntou um leitãozinho. — Ficamos no escuro por algum tempo, e você podia nos contar o que aconteceu.

O Mágico contou-lhes sobre a falta de sorte que atingiu os viajantes.

— Bem, você é um mágico, não é? — perguntou outro leitãozinho.

— Eu sou — respondeu o homenzinho.

— Então você pode fazer algumas mágicas e nos tirar deste lugar — declarou o menorzinho, muito confiante.

— Eu poderia, se fosse um mágico de verdade — respondeu o tutor deles, com tristeza. — Mas eu não sou, meus pequenos porquinhos. Sou apenas um mágico charlatão.

– Que disparate! – gritaram em coro os leitõezinhos.

– Vocês podem perguntar à Dorothy – disse o homenzinho, chateado.

– É verdade – respondeu a menina, com seriedade. – O nosso amigo Oz é apenas um mágico charlatão, e eu sei disso porque ele provou isso para mim uma vez. Ele realmente pode fazer muitas coisas incríveis... se souber como. Mas não consegue fazer uma única mágica sequer, se não tiver as ferramentas e as máquinas certas para trabalhar.

– Obrigado, minha querida, por me fazer justiça – respondeu o mágico, agradecido. – Ser apontado como um mágico de verdade, quando eu não sou, é uma calúnia que não posso mais continuar sustentando. Pois, eu sou um dos maiores mágicos de meia-tigela que já existiu, e vocês vão perceber isso quando todos nós tivermos morrido de fome e os nossos ossos estiverem espalhados sobre o chão desta caverna isolada.

– Eu acho que não vamos perceber coisa alguma se chegarmos a esse ponto! – comentou Dorothy, que esteve perdida em pensamentos. – E eu ainda não vou espalhar os meus ossos, porque ainda preciso deles, e vocês provavelmente precisam dos seus também.

— Nós estamos sem saída — suspirou o Mágico.

— Nós podemos estar sem saída — respondeu Dorothy, sorrindo para ele. — Mas existem outras pessoas que podem fazer mais do que nós. Animem-se, amigos! Eu tenho certeza de que Ozma vai nos ajudar.

— Ozma! — exclamou o Mágico. — Quem é Ozma?

— A menina que governa a maravilhosa Terra de Oz — respondeu Dorothy. — Ela é minha amiga! Eu a conheci na Terra de Ev não faz muito tempo e fui para Oz com ela.

— Pela segunda vez? — perguntou o Mágico, muito curioso.

— Sim. Na primeira vez em que estive em Oz, eu encontrei você lá, governando a Cidade das Esmeraldas. Depois que você foi embora em um balão e nos deixou, eu voltei para o Kansas com a ajuda dos mágicos sapatinhos prateados.

— Eu me lembro desses sapatos — disse o homenzinho, balançando a cabeça em concordância. — Eles pertenciam à Bruxa Má do Leste. Eles estão aqui com você?

— Não, eu os perdi em algum lugar no ar — explicou a criança. — Mas, na segunda vez em que estive na Terra de Oz, fiquei com o cinto mágico do Rei Nome, que é muito mais poderoso que os sapatinhos prateados.

— Onde está o cinto mágico? — perguntou o Mágico, que ouvia aquele relato com grande interesse.

— Está com Ozma, porque os poderes dele não funcionam em um país comum como os Estados Unidos. Mas em um país de fadas, como a Terra de Oz, podemos fazer qualquer coisa com ele. Por isso, eu o deixei com a minha amiga, a princesa Ozma, que o usou para desejar que eu e o meu tio Henry fôssemos para a Austrália.

— E vocês foram? — perguntou Zeb, impressionado com o que estava ouvindo.

— Claro que sim, em um piscar de olhos! Ozma tem um quadro encantado pendurado no quarto, que mostra para ela o local exato onde qualquer um dos seus amigos está, a qualquer momento que ela escolher. Tudo o que precisa fazer é dizer: "Eu gostaria de saber o que Fulana de Tal está fazendo", e na mesma hora o quadro mostra onde a amiga está e o que está fazendo. Essa é uma mágica de verdade, não é, Senhor Mágico? Bem, todos os dias, às quatro horas da tarde, Ozma prometeu que procuraria por mim no quadro; e, se eu precisar de ajuda, devo fazer um sinal específico para ela colocar o cinto mágico do Rei Nome, e desejar que eu esteja com ela em Oz.

— Você quer dizer que essa princesa Ozma vai ver esta caverna e todos nós aqui, bem como o que estamos fazendo, no quadro encantado? – Zeb quis saber.

— É claro que sim, quando forem quatro horas da tarde! – respondeu a menina, rindo da expressão espantada dele.

— E quando você fizer o sinal, ela vai levá-la para a Terra de Oz? – continuou o menino.

— Isso mesmo, exatamente, através do cinto mágico.

— Então, você será salva, pequena Dorothy, e eu fico muito feliz por isso – disse o Mágico. – O resto de nós morrerá muito mais alegre, ao saber que você escapou do nosso triste destino.

— Eu não vou morrer alegre! – protestou a gatinha. – Não tem nada de alegre em morrer, apesar de dizerem que um gato tem sete vidas, e por isso precisaria morrer sete vezes.

— Você já morreu alguma vez? – perguntou o menino.

— Não, e não estou ansiosa por isso – disse Eureka.

— Não se preocupe, querida – exclamou Dorothy. – Eu vou segurá-la em meus braços e levá-la comigo.

— Leve-nos também! – gritaram os nove leitõezinhos juntos.

– Talvez eu consiga – respondeu Dorothy. – Vou tentar.

– Você pode tentar me segurar em seus braços? – perguntou o cavalo de charrete.

Dorothy deu risada.

– Eu vou fazer melhor do que isso – ela prometeu. – Porque eu posso salvar todos vocês facilmente, assim que eu chegar à Terra de Oz.

– Como? – perguntaram eles.

– Usando o cinto mágico! Tudo o que preciso fazer é desejar que vocês estejam comigo lá, e vocês estarão a salvo... no palácio real!

– Que bom! – gritou Zeb.

– Eu construí aquele palácio, e a Cidade das Esmeraldas também. – comentou o Mágico, pensativo. – Eu gostaria de vê-lo de novo, porque eu fui muito feliz ao lado dos Munchkins, Winkies, Quadlings e Gillikins.

– Quem são eles? – perguntou o menino.

– As quatro nações que habitam a Terra de Oz – respondeu o Mágico. – Será que eles me tratariam bem, se eu voltasse para lá?

– É claro que sim! – declarou Dorothy. – Eles ainda têm orgulho do seu primeiro mágico, e sempre falam de você com muita admiração.

— Você tem notícias do Homem de Lata e do Espantalho? — perguntou ele.

— Eles ainda vivem em Oz — disse a menina. — E são pessoas muito importantes.

— E o Leão Covarde?

— Ah, ele vive lá também, com o amigo, o Tigre Faminto. E Billina também ficou por lá, porque gosta da Terra de Oz mais do que do Kansas, e não quis ir comigo para a Austrália.

— Acho que não conheço o Tigre Faminto e nem a Billina — disse o Mágico, balançando a cabeça. — Billina é uma garotinha?

— Não! Ela é uma galinha amarela, e uma grande amiga minha. Eu tenho certeza de que você vai gostar dela quando a conhecer — afirmou Dorothy.

— Os seus amigos parecem ter saído de um zoológico — comentou Zeb, desconfortável. — Você não pode desejar que eu esteja em um lugar mais seguro do que Oz?

— Não se preocupe — respondeu a menina. — Você vai amar as pessoas de Oz, quando conhecê-las. Que horas são, Senhor Mágico?

O homenzinho consultou o seu grande relógio de bolso prateado, que carregava no bolso do colete.

— São três e meia.

— Então só precisamos esperar meia hora — ela continuou. — Mas depois disso não vai demorar muito, e todos nós estaremos na Cidade das Esmeraldas.

Todos se sentaram em silêncio, pensando por um tempo. Então, Jim perguntou de repente:

— Existem cavalos em Oz?

— Apenas um — respondeu Dorothy. — E ele é um cavalete de madeira.

— Um o quê?

— Um cavalete de madeira. Uma vez, quando era menino, a princesa Ozma usou um pó de bruxa para dar vida a ele.

— A Ozma já foi um menino? — perguntou Zeb, espantado.

— Sim, uma bruxa má a enfeitiçou para que ela não pudesse governar o reino. Mas ela é uma menina agora, e a mais doce e adorável em todo o mundo.

— Um cavalete de madeira não é aquela coisa onde apoiam as tábuas para serrar? — perguntou Jim, ainda incrédulo.

— É verdade, quando não tem vida — a menina reconheceu. — Mas aquele cavalete de madeira pode trotar tão rápido quanto você, Jim, e é muito sábio também.

— Bah! Eu posso competir com essa mula de madeira quando ele quiser! – gritou o cavalo de charrete.

Dorothy não fez comentários. Ela sabia que, mais tarde, Jim conheceria melhor o Cavalete de Madeira.

O tempo arrastava-se de forma insuportável para os nossos vigilantes ansiosos, mas finalmente o Mágico anunciou que eram quatro horas da tarde. Dorothy pegou a gatinha e começou a fazer o sinal que tinha sido combinado com a invisível Ozma, que estava muito longe.

— Não está acontecendo nada – disse Zeb, na dúvida.

— Ah, precisamos dar tempo para Ozma colocar o cinto mágico – respondeu a menina.

Dorothy mal tinha terminado de falar, quando, de repente, ela e a gatinha desapareceram da caverna. Não houve um só ruído, e nenhum tipo de aviso. Em um momento, Dorothy estava sentada ao lado deles, com a gatinha no colo; e no momento seguinte, apenas o cavalo, os leitõezinhos, o Mágico e o menino permaneciam na prisão subterrânea.

— Eu creio que logo estaremos com ela – anunciou o Mágico, muito aliviado. – Eu sei algumas coisas sobre a mágica da terra de fadas conhecida como Terra de Oz. Vamos nos preparar, porque devemos ser levados para lá a qualquer minuto.

Ele colocou os leitõezinhos a salvo em seu bolso novamente, e depois ele e Zeb subiram na carruagem e se assentaram, aguardando.

– Vai doer? – perguntou o menino, com a voz um pouco trêmula.

– Nem um pouco – respondeu o Mágico. – Tudo acontecerá tão rápido quanto um piscar de olhos.

E assim aconteceu.

O cavalo de charrete deu um pulinho nervoso e Zeb esfregou os olhos para ter certeza de que não estava sonhando, pois eles estavam nas ruas de uma linda cidade verde-esmeralda, iluminada por uma luz verde que era especialmente agradável para os olhos, e estavam cercados por rostos de pessoas felizes usando belas roupas verdes e douradas, de muitos estilos extraordinários.

Eles estavam em frente aos portões cravejados de joias de um palácio magnífico, que se abriam lentamente naquele momento, como se os convidasse a entrar no pátio onde belas flores estavam florescendo e lindas fontes esguichavam água prateada no ar.

Zeb balançou as rédeas para acordar o cavalo,

pois ele parecia hipnotizado diante de tantas maravilhas – e as pessoas estavam começando a aglomerar-se em volta dos estrangeiros para observá-los.

– Vamos! – gritou o menino. Com essa palavra, Jim vagarosamente trotou pelo pátio, puxando a carruagem por todo o caminho cravejado de joias até a grande entrada do palácio real.

15.
Reencontrando velhos amigos

Muitos criados usando belos uniformes estavam prontos para dar as boas-vindas aos recém-chegados, e, quando o Mágico desceu da carruagem, uma linda menina usando um vestido verde gritou, surpresa:

— Mas ora, ora, se não é o Oz! O maravilhoso mágico voltou!

O homenzinho olhou para a garotinha de perto, depois pegou as mãos dela e as balançou cordialmente.

— Eu não acredito! — exclamou ele. — É a pequena Jellia Jamb, atrevida e linda como sempre!

— E por que não, Senhor Mágico? — perguntou Jellia, fazendo uma grande reverência. — Porém, receio que o senhor não possa mais governar a Cidade das Esmeraldas, como costumava fazer, porque agora nós temos uma linda princesa a quem amamos de todo o coração.

— E o povo não vai se separar dela de bom grado — acrescentou um soldado alto que usava um uniforme de capitão-general.

O Mágico virou-se para olhar para ele.

— Você não tinha um bigode verde antes? — perguntou ele.

— Sim, eu tinha, mas o raspei há muito tempo. Desde então, fui promovido de soldado raso para general-chefe do exército real — disse o soldado.

— Isso é bom — disse o homenzinho. — Porém, asseguro-lhes, meu bom povo, que não desejo governar a Cidade das Esmeraldas — acrescentou, sério.

— Neste caso, o senhor é muito bem-vindo! — gritaram todos os criados. E o Mágico ficou muito feliz em perceber o respeito e a reverência que os funcionário reais lhe dedicavam. Sua fama na

Terra de Oz não tinha sido esquecida, afinal.

– Onde está Dorothy? – o ansioso Zeb quis saber assim que saiu da carruagem, e foi ficar ao lado do pequeno Mágico.

– Ela está com a princesa Ozma nos salões privativos do palácio – respondeu Jellia Jamb. – Mas ordenou que eu os recebesse e mostrasse os seus aposentos.

O menino olhava em volta impressionado. O esplendor e a riqueza daquele palácio eram muito mais do que ele jamais havia sonhado, e ele mal conseguia acreditar que todo aquele brilho deslumbrante era ouro de verdade, e não apenas latão.

– E quanto a mim? – perguntou o cavalo, desconfortável. Ele vira o suficiente da vida nas cidades quando jovem, e sabia que aquele palácio majestoso não era lugar para ele.

A presença de Jim surpreendera até Jellia Jamb por um momento, por não saber o que fazer com o animal. A moça de verde estava muito espantada diante de uma criatura tão incomum, porque cavalos eram desconhecidos naquela terra; mas os que viviam na Cidade das Esmeraldas tinham propensão para serem surpreendidos por esquisitices. Por isso, depois de observar o cavalo de charrete e perceber o doce olhar em seus grandes olhos, a menina não teve mais medo dele.

— Não há estábulos aqui — disse o Mágico. — A menos que tenham construído algum depois que fui embora.

— Nós nunca precisamos de um, porque o Cavalete de Madeira vive em um quarto no palácio, por ser muito menor e ter uma aparência mais natural do que esta grande fera que você trouxe — respondeu Jellia.

— Você quer dizer que eu sou uma aberração? — perguntou Jim, furioso.

— Ah, não — ela apressou-se em dizer. — Existem muitos outros como você no lugar de onde veio, mas em Oz qualquer cavalo diferente do Cavalete de Madeira é incomum.

Aquilo acalmou um pouco Jim e, depois de pensar um pouco, a moça de verde decidiu dar ao cavalo de charrete um quarto no palácio. Afinal, aquele enorme edifício tinha muitos cômodos desocupados.

Assim, Zeb tirou o arreio de Jim e alguns criados conduziram o cavalo até a parte de trás do palácio, onde escolheram um quarto bom e largo todinho para ele.

Então, Jellia falou para o Mágico:

— O quarto atrás da grande Sala do Trono, que

o senhor usava quando governava, está vazio desde que nos deixou. O senhor gostaria de ficar nele?

– Sim, eu adoraria! – respondeu o homenzinho. – Será como estar em casa novamente, porque eu vivi naquele quarto por muitos, muitos anos.

Ele conhecia o caminho para o quarto, e um criado o seguiu, carregando a bolsa-carteiro. Zeb também foi acompanhado até um quarto, tão grande e bonito que o menino quase teve receio de se sentar nas cadeiras e se deitar sobre a cama, como se fosse reduzir todo aquele esplendor. Ele encontrou nos armários muitas roupas elegantes de veludo e brocados luxuosos; e um dos criados disse para ele usar qualquer roupa que o agradasse, e para estar pronto para jantar com a princesa e Dorothy em uma hora.

Ao abrir uma porta no quarto, Zeb encontrou um belo banheiro com uma banheira de mármore cheia de água perfumada. Ainda atordoado pela novidade dos seus arredores, o menino desfrutou de um bom banho e escolheu uma roupa de veludo castanho com botões de prata para substituir as suas antigas roupas sujas e desgastadas. Havia meias de seda, pantufas de couro macio e fivelas de diamante para acompanhar sua roupa nova e, quando estava completamente vestido, Zeb parecia muito mais digno e imponente como jamais esteve em sua vida.

Ele já estava pronto, quando um criado veio acompanhá-lo até os aposentos da Princesa; ele o seguiu timidamente, e foi introduzido em uma sala tão delicada e atraente quanto esplêndida. Ali, encontrou Dorothy sentada ao lado de uma jovem menina, tão extraordinariamente linda que o menino parou de repente, com um suspiro de admiração.

Dorothy correu na direção de Zeb, para pegar a sua mão e arrastá-lo na direção da adorável Princesa, que sorria graciosamente para o convidado. O Mágico entrou em seguida, e a presença dele aliviou o constrangimento do menino. O homenzinho estava usando uma roupa de veludo preto, com muitos ornamentos brilhantes de esmeralda decorando o peitoral, mas a cabeça careca e as feições enrugadas faziam-no parecer mais engraçado do que impressionante.

Ozma tinha muita curiosidade em conhecer o famoso homem que construiu a Cidade das Esmeraldas e uniu os Munchkins, Gillikins, Quadlings e Winkies em um só povo. Por isso, quando todos os quatro estavam sentados à mesa de jantar, a Princesa pediu:

— Por favor, conte-me, Senhor Oz: o senhor se chama Oz em homenagem a este grande país, ou acredita que o meu país se chama Oz em sua homenagem? É algo que desejo saber há muito tempo, porque o senhor é de uma raça diferente, e o meu próprio nome é Ozma. Não tenho dúvidas de que mais ninguém além do senhor poderia explicar melhor esse mistério.

— Isso é verdade — respondeu o pequeno Mágico. — Portanto, terei o prazer de explicar a minha conexão com o seu país. Em primeiro lugar, devo dizer que eu nasci em Omaha; e meu pai, que era um político, deu-me o nome de Oscar Zoroaster Phadrig Isaac Norman Henkle Emmannuel Ambroise Diggs. Diggs é o último nome, porque ele não conseguia pensar em mais nenhum para ser colocado antes desse. Juntando todos eles, ficava um nome assustadoramente longo para se colocar em uma pobre criança inocente, e a lição mais difícil que já aprendi foi lembrar o meu próprio nome. Quando eu cresci, passei a usar apenas O. Z. porque as outras iniciais eram P-I-N-H-E-A-D, que se pronuncia "pinhead" e significa "cabeça de alfinete", um reflexo da minha inteligência.

— Certamente, ninguém poderia culpá-lo por encurtar o seu nome — disse Ozma, com simpatia.

— Mas você não o encurtou demais?

— Talvez, sim — respondeu o Mágico. — Quando jovenzinho, fugi de casa e juntei-me ao circo. Eu costumava chamar a mim mesmo de mágico, e fazia truques de ventriloquismo.

— E o que é ventriloquismo? — perguntou a princesa.

— É ter a habilidade de falar com os lábios fechados, fazendo parecer que o objeto da minha escolha está falando, em vez de mim. Também comecei a subir em balões. Eu pintei as duas iniciais, "O. Z.", no meu balão e em todos os outros artigos que eu usava no circo, para mostrar que aquelas coisas pertenciam a mim. Um dia, o meu balão saiu desgovernado pelos desertos me trouxe para este belo país. Quando as pessoas me viram caindo do céu, naturalmente pensaram que eu fosse alguma criatura superior, e fizeram reverências para mim. Eu falei para eles que era um mágico, e mostrei alguns truques fáceis que os impressionaram; e, quando viram as iniciais pintadas no balão, me chamaram de Oz.

— Agora eu começo a entender — disse a Princesa, sorrindo.

— Na época, havia quatro países separados nesta terra, e cada um deles era governado por uma bruxa – continuou o Mágico, ocupado tomando sopa enquanto falava. – Porém, as pessoas pensavam que o meu poder era maior do que delas; e talvez as bruxas tenham pensado o mesmo, porque nunca ousaram se opor a mim. Eu ordenei que a Cidade das Esmeraldas fosse construída justo no lugar onde os quatro países se encontravam e, quando estava terminada, eu me autointitulei o governante da Terra de Oz, que incluía os quatro países: dos Munchkins, dos Gillikins, dos Winkies e dos Quadlings. Eu governei em paz sobre esta terra por muitos anos, até envelhecer e sentir vontade de ver novamente a cidade onde nasci. Por isso, quando Dorothy foi trazida para este lugar por um ciclone, eu tomei providências para ir embora com ela em um balão; mas ele subiu antes da hora, me levando sozinho. Depois de muitas aventuras, cheguei a Omaha, apenas para descobrir que todos os meus velhos amigos tinham morrido ou se mudado de lá. Então, não tendo mais nada para fazer, juntei-me a um circo novamente e voltei a fazer meus passeios de balão até que um terremoto me pegou.

– Essa é uma boa história! – disse Ozma. – Mas há mais da história sobre a Terra de Oz que o senhor não parece entender, talvez porque ninguém tenha lhe contado. Muitos anos antes de o senhor chegar aqui, esta terra era unida sob um governante, como é agora, e o nome dele sempre foi "Oz" ou "Ozma", se a governante fosse mulher, que em nosso idioma significa "grande e bom". Mas certa vez, quatro bruxas se uniram para depor o rei e governar as quatro partes do reino. Num belo dia, quando o governante, meu avô, estava caçando, uma bruxa má chamada Mombi o sequestrou e o manteve como prisioneiro. Depois, as bruxas dividiram o reino e cada uma governava uma das quatro partes, até que o senhor chegou aqui. Foi por isso que as pessoas ficaram tão felizes em vê-lo, e por isso que, ao verem as suas iniciais, pensaram que o senhor fosse o governante desta terra por direito.

— Mas, naquela época, havia duas bruxas boas e duas bruxas más governando a terra — disse o Mágico, pensativo.

— Sim, porque uma bruxa boa venceu Mombi no Norte; e Glinda, a Boa, tinha vencido a Bruxa Má do Sul. No entanto, Mombi ainda mantinha o meu avô prisioneiro e, depois dele, o meu pai. Quando eu nasci, ela me transformou em um menino, na tentativa de fazer com que ninguém jamais me reconhecesse e soubesse que eu era a princesa da Terra de Oz por direito. Porém, eu escapei dela e agora sou a governante do meu povo.

— Eu fico muito feliz com isso — disse o Mágico. — E espero que me considere um dos seus súditos mais devotos e leais.

— Nós devemos muito ao *maravilhoso mágico*, porque foi o senhor quem construiu esta esplêndida Cidade das Esmeraldas — continuou a Princesa.

— Foi seu povo que a construiu — respondeu ele. — Eu apenas comandei os trabalhos, como dizemos em Omaha.

— Mas o senhor a governou bem e com sabedoria por muitos anos, e fez o povo ficar orgulhoso de suas artes mágicas — argumentou ela. — Por isso, como o senhor está agora muito velho para viajar para o exterior e trabalhar em um circo, eu lhe ofereço uma casa aqui pelo tempo em que viver. O senhor deverá ser o *mágico oficial* do meu reino, e será tratado com todo o respeito e consideração.

— Eu aceito a sua oferta gentil com gratidão, amável princesa — disse o homenzinho com voz suave, e todos puderam ver que os seus velhos olhos astutos estavam cheios de lágrimas. Significava muito para ele ter a segurança de um lar como aquele.

— Embora ele seja apenas um mágico charlatão

— disse Dorothy, sorrindo para ele.

— E esse é o tipo de mágico mais seguro para se ter – respondeu Ozma, prontamente.

— Oz pode fazer alguns bons truques, sendo charlatão ou não – anunciou Zeb, sentindo-se mais à vontade.

— Ele deve nos entreter com os seus truques amanhã – disse a Princesa. – Eu mandei mensageiros para convocar todos os velhos amigos de Dorothy, para que venham encontrá-la e dar-lhe as boas-vindas. Eles devem chegar muito em breve.

De fato, o jantar mal tinha terminado quando o Espantalho entrou correndo para abraçar Dorothy com seus braços acolchoados, e dizer o quanto estava feliz em vê-la de novo. O Mágico também foi calorosamente recebido pelo homem de palha, que era uma figura importante na Terra de Oz.

— Como está o seu cérebro? – perguntou o pequeno charlatão, assim que pegou as mãos macias e empalhadas do velho amigo.

— Funcionando muito bem – respondeu o Espantalho. – Não tenho dúvidas, Oz, de que você me deu o melhor cérebro do mundo; porque eu consigo pensar com ele dia e noite, quando todos os outros cérebros estão dormindo.

— Por quanto tempo você governou a Cidade das

Esmeraldas depois que eu fui embora?

— Por algum tempo, até eu ser derrotado por uma menina chamada general Jinjur. Mas Ozma logo a derrotou com a ajuda de Glinda, a Boa; e depois disso eu fui viver com Nick Chopper, o Homem de Lata.

Em seguida, ouviram um som alto de batidas do lado de fora; e, quando um criado abriu a porta com uma reverência, uma galinha amarela entrou no palácio desfilando. Dorothy correu para agarrar a ave rechonchuda, ao mesmo tempo que dava gritos de alegria.

— Ah, Billina! — disse ela — Como você está fofinha e elegante.

— E por que eu não estaria? — perguntou a galinha, com uma voz clara e aguda. — Eu vivo na abundância da terra, não é, Ozma?

— Você tem tudo o que deseja — disse a Princesa.

Billina tinha um colar de lindas pérolas em volta do pescoço, e usava tornozeleiras de esmeralda. Ela aninhou-se confortavelmente no colo de Dorothy, até que a gatinha rosnou possessa de ciúmes e pulou com as ferozes e afiadas garras à mostra, para derrubar Billina com um golpe. A menina deu um tapa na gatinha furiosa, e Eureka pulou para o chão de novo sem arranhar a ave.

— Que coisa mais feia, Eureka! — Dorothy a repreendeu. — Isso lá é jeito de tratar os meus amigos?

— Eu acho que você tem amigos estranhos — respondeu a gatinha, grosseira.

— Eu acho a mesma coisa — disse Billina, com desdém. — Isso se essa gata selvagem for um deles.

— Prestem atenção! — disse Dorothy, severamente. — Eu estou dizendo a vocês que não vou aceitar nenhuma briga na Terra de Oz! Todo mundo vive em paz aqui, e todos se amam. Se vocês duas, Billina e Eureka, não fizerem as pazes e forem amigas, eu vou colocar o meu cinto mágico e desejar que as duas voltem para casa *imediatamente*. Quero ver vocês brigarem agora!

As duas ficaram muito assustadas com a ameaça e, com o rabinho entre as pernas, prometeram que se comportariam. Apesar disso, nunca se soube se elas se tornaram de fato grandes amigas. Naquele momento, chegou o Homem de Lata, com o seu corpo mais adoravelmente niquelado do que nunca, a reluzir, esplêndido, sob a brilhante luz do palácio. O Homem de Lata tinha enorme carinho por Dorothy, e recebeu com alegria a volta do pequeno e velho Mágico.

— Senhor, eu nunca poderei lhe agradecer o bastante pelo excelente coração que o senhor me deu – falou. – Eu lhe asseguro que com ele fiz muitos amigos, e ele continua batendo tão gentil e amorosamente, como sempre.

— Fico feliz em ouvir isso – disse o Mágico. – Eu tinha receio de que ele mofasse no seu corpo de lata.

— De forma alguma – respondeu Nick Chopper. – Ele continua bem preservado e muito bem guardado no meu peito.

Zeb estava um pouco tímido quando foi apresentado para essas pessoas estranhas, mas todos eram tão amigáveis e sinceros que o menino logo passou a gostar muito deles, e até mesmo na galinha amarela passou a ver boas qualidades. Contudo, o menino ficou tenso novamente quando o visitante seguinte foi anunciado.

— Este é o meu amigo, o senhor A. E. Woggle-Bug, V. I., que me ajudou uma vez quando eu estava em grande angústia – apresentou a princesa Ozma. – Agora ele é o diretor do Instituto Real de Atletismo Científico.

— Ah, estou encantado em conhecer uma pessoa tão distinta – disse o Mágico.

— A. E. significa Altamente Engrandecido, e V. I. significa Verdadeiramente Instruído – disse

Woggle-Bug, cheio de pompa. – Eu sou, na verdade, um inseto muito grande e, sem dúvida, o ser mais inteligente de todo este vasto domínio.

– O senhor disfarça isso muito bem – disse o Mágico. – Mas não duvido nem um pouco de suas palavras.

– Ninguém duvida disso, senhor – respondeu Woggle-Bug. Tirando um livro do bolso, o estranho inseto virou as costas para as outras pessoas do cômodo e sentou-se em um canto para ler.

Ninguém se importou com aquela grosseria, que poderia parecer falta de educação para alguém que não fosse verdadeiramente instruído. Logo todos o esqueceram, e começaram uma animada conversa que os manteve muito entretidos até a hora de dormir.

16.
JIM, O CAVALO DE CHARRETE

Jim, o cavalo de charrete, foi instalado em um quarto grande com piso de mármore verde, e paredes cobertas de mármore entalhado. O cômodo tinha um ar tão majestoso que teria impressionado qualquer outra pessoa. Jim tomou aquilo como um simples detalhe e, sob seus comandos, os criados esfregaram bem o seu pelo, pentearam a sua crina e o seu rabo, e lavaram cuidadosamente os seus cascos e tornozelos. Disseram-lhe que o jantar seria servido em seguida, ao que ele respondeu para não o servirem muito rápido, mas quando lhe fosse conveniente. Primeiro, trouxeram uma tigela fumegante de sopa, que o cavalo olhou consternado.

— Levem essa coisa embora! — ordenou ele. — Vocês acham que sou uma salamandra?

Os criados obedeceram imediatamente, e em seguida serviram um bom linguado coberto com um elaborado molho, em uma travessa de prata.

— Peixe! — gritou Jim, sem acreditar. — Vocês acham que sou um gato? Tirem isso daqui!

Os criados já estavam um pouco desanimados, mas logo trouxeram uma grande bandeja com duas dúzias de codornas assadas em torradas.

— Ora, ora! — disse o cavalo, agora verdadeiramente bravo. — Vocês acham que eu sou uma fuinha? Como vocês são estúpidos e ignorantes na Terra de Oz, e que coisas assustadoras vocês servem para comer! Não há nada decente para se comer neste palácio?

Os criados, tremendo, foram buscar o mordomo real, que se apressou em vir e disse:

— O que Vossa Alteza gostaria para o jantar?

— Alteza! — repetiu Jim, que não estava acostumado com tais títulos.

— O senhor tem pelo menos um metro e oitenta dois de altura, e isso é mais alto do que qualquer outro animal neste país — disse o mordomo.

— Bem, a Minha Alteza gostaria de um pouco de aveia — declarou o cavalo.

— Aveia? Nós não temos grãos inteiros de aveia — respondeu o mordomo, com muito respeito. — Mas temos uma quantidade de flocos de aveia pré-cozidos, que costumamos usar para fazer mingau para o café da manhã. Mingau de aveia é um prato servido no desjejum — acrescentou o mordomo humildemente.

— A partir de hoje, será um prato para o jantar — disse Jim. — Traga para mim, mas não faça mingau nem o cozinhe. Valorize a sua vida.

Como vocês podem perceber, o respeito mostrado ao cansado e velho cavalo de charrete tornou-o um "pouco" arrogante, fazendo-o esquecer que era um convidado. Ele nunca tinha sido tratado de outra forma que não como um empregado, desde o dia em que nasceu até a sua chegada na Terra de Oz. Contudo, os criados reais não se importaram com o temperamento terrível do animal. Eles logo misturaram um tonel de flocos de aveia pré-cozidos com um pouco de água, e Jim comeu com muito prazer. Amontoaram também muitos tapetes sobre o chão, e o velho cavalo dormiu na cama mais macia que já tinha visto na vida.

Pela manhã, assim que clareou, Jim resolveu fazer uma caminhada e tentar encontrar alguma grama para o café da manhã; por isso saiu tranquilamente pelo belo arco da entrada e virou a esquina do palácio, onde todos pareciam estar dormindo. Foi então que ele se encontrou frente a frente com o Cavalete de Madeira.

Jim parou abruptamente, espantado e admirado. O Cavalete de Madeira parou ao mesmo tempo e observou o outro com os seus olhos estranhos e esbugalhados, que nada mais eram do que simples nós na tábua que formava o seu corpo. As pernas do Cavalete de Madeira eram quatro varas, encaixadas em cavidades furadas na tábua. O rabo era um pequeno galho que fora deixado ali por acidente, e a boca era um pequeno entalhe em uma protuberância do corpo, que se projetava para frente e servia como cabeça. As pontas das pernas de madeira eram sapatos com placas de ouro maciço; e a sela da princesa Ozma, que era de couro vermelho com diamantes cintilantes bordados, estava presa ao seu corpo desajeitado.

Os olhos de Jim estavam tão arregalados quanto os do Cavalete de Madeira. Ele ficou olhando para a criatura, com as orelhas em pé e a cabeça comprida jogada para trás, repousando contra o pescoço arqueado. Naquela posição engraçada, os dois cavalos andaram em volta um do outro vagarosamente por um tempo, e nenhum dos dois era capaz de identificar o que poderia ser aquela coisa diferente que agora via pela primeira vez. Então, Jim exclamou:

— Caramba, que tipo de ser é você?

— Eu sou um cavalete de madeira – respondeu o outro.

— Ah, acho que ouvi falar sobre você – disse o cavalo de charrete. – Mas você é diferente de qualquer coisa que eu esperava ver.

— Eu não duvido disso – comentou o Cavalete de Madeira, com tom de orgulho. – Eu sou considerado muito incomum.

— Você é mesmo, mas uma coisa raquítica de madeira como você não tem nenhum direito de estar viva.

— Eu não tive escolha – respondeu o outro, muito abatido. – Ozma borrifou um pó mágico em mim que me deu vida. Eu sei que não sou muita coisa, mas sou o único cavalo em toda a Terra de Oz, por isso eles me tratam com grande respeito.

— Você, um cavalo!

— Ah, não um de verdade, é claro. Não existem cavalos de verdade aqui. Mas eu sou uma excelente imitação de cavalo.

Jim relinchou indignado.

— Olhe para mim! – gritou ele. – Veja um cavalo de verdade!

O animal de madeira sobressaltou-se, e depois examinou o outro com muita atenção.

— Você é mesmo um cavalo de verdade? – murmurou.

— Sou, sim – respondeu Jim, feliz pela impressão que criou no outro. – Isso está provado por minhas belas características. Por exemplo, olhe para os longos pelos do meu rabo; com ele, eu posso afastar as moscas.

— As moscas nunca me incomodam – disse o Cavalete de Madeira.

— E veja os meus dentes grandes e fortes, com os quais eu mordisco a grama.

— Eu não preciso comer – observou o Cavalete de Madeira.

— Também examine o meu peito largo, que me permite respirar fundo – disse Jim, orgulhoso.

— Eu não preciso respirar – respondeu o outro.

— É, você perde muitos prazeres da vida – comentou o cavalo de charrete, com pena. – Você não sabe o alívio que é afastar um mosquito que o picou, nem o prazer de comer uma comida saborosa, nem a satisfação de respirar ar puro e fresco. Você pode ser uma imitação de um cavalo, mas uma muito pobre.

— Ah, eu não posso ter esperança de algum dia ser como você – suspirou o Cavalete de Madeira. – Mas estou feliz por ao menos conhecer um cavalo de verdade. Com certeza, você é a criatura mais bela que eu já vi.

Aquele elogio conquistou Jim de vez. Ser chamado de belo era uma experiência nova para ele. Ele disse:

— O seu principal defeito, meu amigo, é ser feito de madeira, e isso eu acho que não tem como mudar. Cavalos de verdade como eu são feitos de carne, sangue e osso.

— Eu consigo ver os ossos bem – respondeu o Cavalete de Madeira. – E eles são admiráveis e distintos. Também consigo ver a carne. Mas o sangue eu acho que está dentro de você.

— Exatamente – disse Jim.

— Para que ele serve? – perguntou o Cavalete de Madeira.

Jim não sabia, mas não diria isso a ele.

— Se eu me cortar por qualquer motivo, o sangue sai para mostrar onde fui cortado. Já você, pobrezinho! Não pode nem mesmo sangrar quando se machuca.

— Mas eu nunca me machuco — disse o Cavalete de Madeira. — De vez em quando, algumas das partes do meu corpo quebram, mas logo me consertam e me deixam em ordem de novo. Eu nunca sinto nada quando quebra alguma coisa em mim, nem mesmo uma lasca de madeira.

Jim quase sentiu inveja do cavalo de madeira por ele ser incapaz de sentir dor; porém a criatura era tão anormal que ele pensou consigo mesmo que nunca trocaria de lugar com o outro, sob nenhuma circunstância.

— Por que você tem sapatos de ouro? — perguntou Jim.

— Foi a Princesa Ozma que fez — respondeu ele. — E isso impede que as minhas pernas se desgastem. Nós tivemos muitas aventuras juntos, Ozma e eu, e ela gosta de mim.

O cavalo de charrete ia responder, quando de repente deu um sobressalto e um relincho de terror, estremecendo como uma vara verde. Pois duas feras selvagens e enormes tinham virado a esquina, caminhando tão suavemente que já estavam diante dele antes que percebesse a sua aproximação. O cavalo de charrete já estava pronto para fugir estrada afora quando o Cavalete de Madeira gritou:

— Pare, meu irmão! Pare, cavalo de verdade! Eles são amigos, e não vão lhe fazer mal algum.

Jim hesitou, olhando para as feras com medo. A primeira era um enorme leão com olhos claros e inteligentes, uma juba farta e muito bem-cuidada de uma cor entre o amarelo e o marrom, e um corpo igual a uma pelúcia amarela. A outra era um grande tigre com listras roxas ao longo de seu corpo ágil e membros poderosos. Através de suas pálpebras semicerradas, podiam-se ver olhos parecidos com brasas ardentes. As imensas formas do rei da floresta e do rei da selva eram o suficiente para aterrorizar até o mais forte dos corações, e não era de se admirar que Jim tivesse medo de encará-los.

Contudo, o Cavalete de Madeira apresentou o estrangeiro com um tom de voz calmo, dizendo:

— Nobre cavalo, este é o meu amigo, o Leão Covarde, que é o valente Rei da Floresta, e ao mesmo tempo um fiel súdito da princesa Ozma. E este é o Tigre Faminto, o terror da selva, que deseja devorar bebês gordinhos, mas é impedido por sua consciência. Esses felinos reais são amigos queridos da pequena Dorothy e chegaram à Cidade das Esmeraldas esta manhã, para dar boas-vindas à nossa terra de fadas.

Após ouvir essas palavras, Jim conseguiu acalmar a sua inquietação. Reunindo toda a dignidade que pôde, fez uma reverência para as feras de aparência selvagem, que acenaram com a cabeça de uma forma amigável.

– O cavalo de verdade não é um belo animal? – perguntou o Cavalete de Madeira, com admiração.

– Sem dúvida, isso é uma questão de gosto – respondeu o Leão. – Na floresta, ele seria considerado desajeitado. A cara dele é muito comprida, e o pescoço inutilmente longo. Eu percebi que as articulações dele estão inchadas; e além disso, ele é velho e magro.

– E é assustadoramente duro! – acrescentou o Tigre Faminto, com uma voz triste. – A minha consciência jamais permitiria que eu comesse algo tão duro quanto o cavalo de verdade.

– Fico feliz por isso – disse Jim. – Porque eu também tenho uma consciência, e ela me diz para não esmagar o seu crânio com o meu poderoso coice.

Se ele pensou que assustaria a fera listrada falando essas coisas, enganou-se. O Tigre parecia sorrir, e ainda piscou um olho bem devagar.

— Você tem uma boa consciência, amigo cavalo! Se continuar obedecendo ao que ela diz, nunca vai se machucar. Quem sabe, um dia você pode tentar esmagar o meu crânio, e então você saberá mais algumas coisinhas sobre os tigres.

— Qualquer amigo de Dorothy deve ser nosso amigo também — comentou o Leão Covarde. — Por isso, vamos parar com essa conversa de esmagar crânios e falar sobre assuntos mais agradáveis. Você já tomou o café da manhã, senhor cavalo?

— Ainda não — respondeu Jim. — Mas aqui tem muitos trevos excelentes. Então, se vocês me derem licença, eu vou comer agora.

— Ele é vegetariano — comentou o Tigre assim que o cavalo começou a comer os trevos. — Se eu pudesse comer grama, não precisaria de consciência, porque nada me dexaria tentado a devorar bebês e carneiros.

Nesse momento, Dorothy, que acordara cedo e ouvira as vozes dos animais, correu para fora para cumprimentar os velhos amigos. Ela abraçou o Leão e o Tigre com entusiasmo, mas parecia amar um pouco mais o rei dos animais do que o amigo faminto, porque conhecia o Leão Covarde havia mais tempo.

Logo desfrutaram de uma boa conversa, na qual Dorothy contou tudo sobre o terrível terremoto e as suas aventuras recentes. O sino que anunciava o café da manhã tocou, e a garotinha entrou para juntar-se aos companheiros humanos. Assim que ela entrou no grande salão, uma voz falou, em um tom muito hostil:

— O quê? Você aqui de novo?

— Eu mesma — respondeu ela, olhando em volta para ver de onde vinha aquela voz.

— O que a trouxe de volta? — foi a próxima pergunta, e os olhos de Dorothy pousaram sobre uma cabeça com chifres pendurada na parede logo acima da lareira, flagrando o momento em que a boca se movia.

— Nossa! — exclamou a menina. — Eu pensei que você estivesse empalhada.

— Eu estou, mas eu já fiz parte de Gump, a quem Ozma borrifou com o pó da vida — respondeu a cabeça. — Por um tempo, eu fui a cabeça da mais formidável máquina voadora que já existiu, e nós fizemos muitas coisas maravilhosas. Depois disso, Gump foi desmontada e eu fui pendurada nesta parede. Mas ainda consigo falar, isso quando estou de bom humor, o que não é muito frequente.

— Isso é muito estranho – disse a menina. — O que você era quando fazia parte de Gump?

— Ah, eu já esqueci, e não acho que tenha muita importância – respondeu a cabeça de Gump. — Mas lá vem Ozma, então é melhor eu ficar quieta. Desde que mudou o nome, de Tip para Ozma, a princesa não gosta muito quando eu falo.

Nesse momento, a adorável governante de Oz abriu a porta e cumprimentou Dorothy com um beijo de bom-dia em seu rosto. A pequena princesa parecia revigorada, rosada e bem-humorada.

— O café da manhã está servido, querida, e estou com fome. Então não nos deixe esperando nem mais um minuto – disse Ozma.

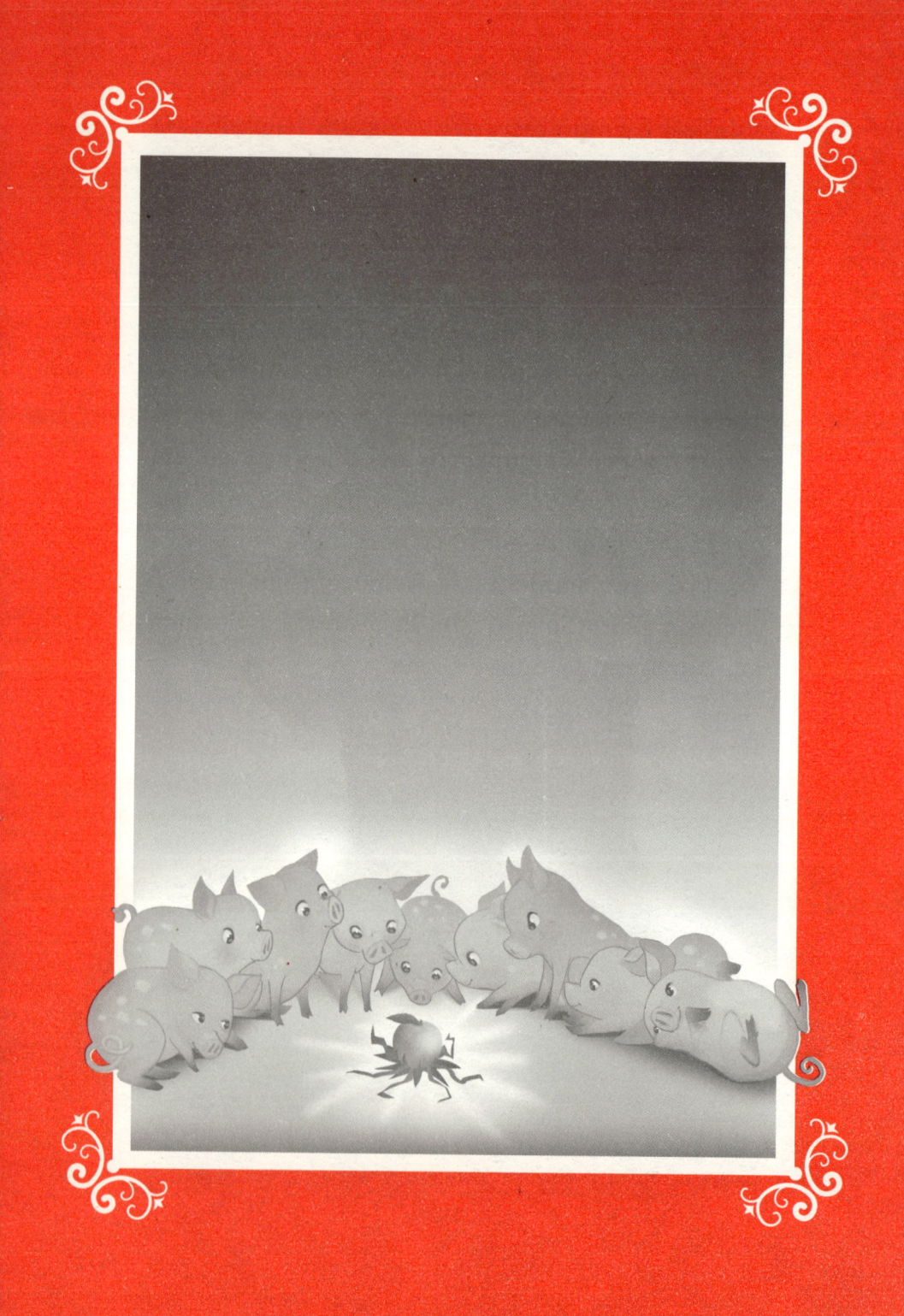

17.
Os nove leitõezinhos

Depois do café da manhã, Ozma anunciou que havia decretado feriado naquele dia, por toda a Cidade das Esmeraldas, em homenagem aos seus convidados. O povo soube que o antigo Mágico tinha voltado para eles, e todos estavam muito ansiosos para revê-lo porque ele sempre foi muito querido. Primeiro, haveria uma grande procissão pelas ruas; depois o velho homenzinho apresentaria alguns dos seus truques de mágica na grande Sala do Trono do palácio. À tarde, haveria jogos e corridas.

A procissão era realmente impressionante. Primeiro desfilou a Banda Imperial de Cornetas de Oz, vestindo uniformes de veludo verde com barras de seda verde-ervilha e botões de grandes esmeraldas lapidadas. Eles tocavam o hino nacional chamado *A Bandeira de Oz*, e atrás deles vinham os porta-estandartes com a bandeira real. Esta era dividida em quatro partes: uma da cor azul-céu, outra cor-de-rosa, a terceira lilás e a quarta na cor branca. No centro, havia uma grande estrela verde-esmeralda, e todas as quatro partes eram bordadas com paetês que reluziam lindamente na luz do sol. As cores representam os quatro países que formavam Oz, e a estrela verde representava a Cidade das Esmeraldas.

Logo atrás dos porta-estandartes, vinha a Princesa Ozma na carruagem real de ouro encrustado com esmeraldas e diamantes formando belos desenhos. A carruagem estava sendo puxada, naquela ocasião, pelo Leão Covarde e pelo Tigre Faminto, que estavam enfeitados com grandes laços rosa e azuis. Ozma e Dorothy estavam na carruagem; a Princesa usava uma roupa magnífica e sua coroa real, enquanto a pequena menina do Kansas trazia na cintura o cinto mágico que havia conquistado após a captura do Rei Nome.

Seguindo a carruagem, vinha o Espantalho montado no Cavalete de Madeira, que foi quase tão aclamado pelo povo quanto a sua adorável governante. Atrás dele, seguindo com passos regulares e movimentos curtos e separados, sem fluidez, o famoso homem-máquina chamado Tik-tok, em quem Dorothy deu corda para que funcionasse naquela ocasião. Tik-tok era movido a corda, ou seja, era necessário dar corda nele para que funcionasse, e era todo feito de cobre polido. Ele realmente pertencia à menina do Kansas, que tinha muito respeito pelos pensamentos dele, desde que lhe dessem corda corretamente; mas, como o homem de cobre não teria utilidade em outro lugar que não fosse um país de fadas, Dorothy deixou-o aos cuidados de Ozma, que assegurava que ele fosse muito bem tratado.

Depois disso, seguiu-se outra banda, chamada de Banda da Corte Real, pois todos os membros viviam no palácio. Eles vestiam uniformes brancos com botões de diamantes de verdade e tocavam *O que é Oz sem Ozma* com muita doçura.

Depois veio o Professor Woggle-Bug com um grupo de estudantes do Instituto Real de Atletismo Científico. Os meninos tinham cabelos longos, usavam suéteres listrados e gritavam o lema do instituto a cada passo que davam – para a grande satisfação da população, que estava feliz em ver que os pulmões deles estavam em boas condições.

Em seguida, o Homem de Lata, brilhantemente polido, vinha marchando à frente do Exército Real de Oz, que consistia em vinte e oito oficiais, de generais a capitães. Todos eram tão corajosos e habilidosos que foram promovidos, um a um, até não haver mais nenhum soldado raso no exército. A seguir, vinha Jim, o cavalo de charrete, puxando a carruagem que era conduzido por Zeb; enquanto o Mágico estava em pé sobre o assento e fazia pequenas reverências com a sua careca, à direita e à esquerda, em resposta às aclamações do povo, que se aglomerava para vê-lo.

Levando tudo em consideração, a procissão foi um grande sucesso; e, quando retornaram ao palácio, todos os cidadãos se reuniram na grande Sala do Trono para ver o Mágico apresentar os seus truques.

O primeiro truque apresentado pelo pequeno charlatão foi fazer aparecer um leitãozinho branco debaixo do chapéu e fingir puxá-lo, separando-o e fazendo aparecerem dois leitõezinhos. Ele repetiu o procedimento até que todos os nove leitõezinhos estivessem visíveis, e eles ficaram tão felizes de sair do bolso que correram em volta muito animados. As lindas criaturinhas teriam sido uma novidade em qualquer lugar, e o povo estava tão encantado e maravilhado com a aparência deles quanto o Mágico desejava. Quando ele fez todos desaparecerem de novo, Ozma lamentou, porque queria um deles para brincar e adotar como animalzinho de estimação. Então, o mágico fingiu tirar um dos leitõezinhos do cabelo da Princesa (quando, na verdade, ele disfarçadamente o tirou do próprio bolso interno), fazendo-a sorrir com grande felicidade enquanto a criatura aninhava-se em seus braços. A Princesa prometeu que mandaria fazer um colar de esmeralda para o pescoço gordinho do animal e manteria o pequeno guinchador sempre por perto para entretê-la.

Dali em diante, era notório que o Mágico sempre apresentava o famoso truque com oito leitõezinhos, mas parecia agradar ao povo tão bem quanto se fossem nove.

Em seu pequeno quartinho atrás da Sala do Trono, o Mágico encontrou muitas coisas que ele tinha deixado para trás quando partiu em seu balão, pois ninguém tinha ocupado o local durante sua ausência. Havia material suficiente para preparar muitos truques novos que ele tinha aprendido com alguns malabaristas do circo, e Oz passou parte da noite ocupado com isso. Por isso, após o truque com os nove leitõezinhos, ele fez muitas outras incríveis façanhas que encantaram muito a audiência, e as pessoas pareciam não se importar nem um pouco com o fato de o homenzinho ser um mágico charlatão ou não, desde que os divertisse. O povo aplaudiu a todos os seus truques e, ao fim da apresentação, imploraram de verdade para que ele não fosse embora de novo, para que ele não os deixasse.

— Nesse caso — disse o homenzinho, muito sério —, eu vou cancelar todos os meus compromissos agendados com as famílias reais da Europa e da América para me comprometer com o povo de Oz, porque eu os amo tanto que não posso lhes negar nada.

Depois de o povo ter sido dispensado com aquela promessa, os nossos amigos juntaram-se à Princesa Ozma para um grande banquete no palácio, onde até mesmo o Tigre e o Leão foram alimentados com muita fartura, e Jim, o cavalo de charrete, comeu os seus flocos de aveia pré-cozidos e misturados com pouca água, dentro de uma tigela de ouro que tinha sete fileiras de rubis, safiras e diamantes encrustados na borda.

À tarde, todos se dirigiram a um grande campo fora dos portões da cidade, onde os jogos aconteceriam. Naquele local, Ozma e os seus convidados sentaram-se embaixo de uma bela tenda para observar as pessoas participarem das corridas, saltos e lutas. Vocês podem ter certeza de que o povo de Oz deu o seu melhor diante de uma plateia tão distinta, e finalmente Zeb ofereceu-se para lutar com um pequeno Munchkin, que parecia ser o campeão. Ele aparentava ter o dobro da idade de Zeb, porque tinha um bigode longo e pontudo, e usava um chapéu alto com pequenos sinos em volta da aba, que tilintavam alegremente conforme ele se movia. Contudo, embora o Munchkin não fosse alto (não alcançava nem o ombro de Zeb), ele era tão forte e esperto que derrubou o menino de costas no chão três vezes com aparente facilidade.

Zeb estava imensamente surpreso com a sua derrota e, quando a bela Princesa se juntou ao povo para rir dele, o menino propôs uma luta de boxe contra o Munchkin, que foi aceita de imediato pelo cidadão de Oz. No entanto, assim que Zeb conseguiu desferir o primeiro tapa na orelha do Munchkin, ele sentou-se no chão e chorou até as lágrimas escorrerem pelo seu bigode, por ter sido machucado. Zeb começou a rir, e ficou confortado ao ver que Ozma ria alegremente do seu súdito chorando, assim como tinha rido dele antes.

Naquele momento, o Espantalho propôs que houvesse uma corrida entre o Cavalete de Madeira e o cavalo de charrete; mas, apesar de todos terem ficado encantados com a ideia, o Cavalete de Madeira recusou, dizendo:

— Tal competição não seria justa.

— É claro que não seria — acrescentou Jim, com um pouco de desdém. — Essas suas pernas pequenas de madeira não dão nem a metade das minhas.

— Não é isso — disse o Cavalete de Madeira, com modéstia. — Eu nunca me canso, mas você, sim.

— Rá! — gritou Jim, olhando com grande desdém para o outro. — Você realmente acha que uma imitação barata de cavalo como você consegue correr tão rápido quanto eu?

— Eu não acho. Eu tenho certeza — respondeu o Cavalete de Madeira.

— Isso é o que nós estamos tentando descobrir — comentou o Espantalho. — O objetivo de uma competição é descobrir quem pode vencer, ou pelo menos isso é o que o meu excelente cérebro pensa.

— Quando eu era jovem, já fui um cavalo de corrida e derrotei todos os que ousaram competir comigo — afirmou Jim. — Nasci em Kentucky, sabia? É de lá que vêm todos os melhores e mais nobres cavalos.

— Mas você está velho agora, Jim — Zeb lembrou.

— Velho! Mas hoje eu me sinto um potro! — respondeu cavalo. — Eu só gostaria de que houvesse outro cavalo de verdade aqui para competir comigo. Eu posso lhes dizer que seria uma bela visão para as pessoas.

— Então, por que não compete contra o Cavalete de Madeira? – perguntou o Espantalho.

— Ele está com medo – disse Jim.

— Ah, não estou, não! – retrucou o Cavalete de Madeira. — Eu apenas disse que não era justo. Mas, se o meu amigo, o cavalo de verdade, deseja competir, eu estou completamente pronto.

Então, tiraram o arreio de Jim e a sela do Cavalete de Madeira, e os dois, que formavam uma estranha combinação, foram colocados lado a lado para começar.

— Quando eu disser "valendo!", vocês precisam correr o mais rápido que conseguirem até alcançar aquelas três árvores lá na frente – avisou Zeb. — Deem a volta nelas e voltem para cá. O primeiro que passar pelo local onde a Princesa está sentada será o vencedor. Estão prontos?

— Eu acho que devo dar uma vantagem ao tolo de madeira – rosnou Jim.

— Não precisa – disse o Cavalete de Madeira. — Eu vou fazer o melhor que posso.

— Valendo! — gritou Zeb e, ao ouvir a palavra, os dois cavalos pularam para a frente, dando início à corrida.

Os grandes cascos de Jim batiam com força contra o chão a uma boa velocidade e, apesar de não parecer gracioso, seu estilo de corrida fazia jus à sua linhagem do Kentucky. O Cavalete de Madeira, porém, era mais veloz que o vento. As suas pernas de madeira moviam-se tão rápido que os espectadores mal podiam ver o brilho dos seus sapatos dourados; e, apesar de ser muito menor que o cavalo de charrete, ele percorreu o trajeto muito mais rápido.

Antes que tivessem alcançado as árvores, o Cavalete de Madeira estava muito à frente, e assim cruzou primeiro a linha de chegada, onde foi aclamado calorosamente pelos cidadãos de Oz — bem antes de Jim chegar ofegante até a tenda, onde estavam a Princesa e seus convidados.

Eu lamento por registrar o fato de que Jim não só estava envergonhado pela derrota como, por um momento, perdeu o controle do seu temperamento. Ao olhar para a cara engraçada do Cavalete de Madeira, pensou que a criatura estivesse rindo dele. Assim, em um acesso de fúria injustificada, virou-se e deu um coice tão terrível que fez o adversário cair de cabeça sobre o chão, quebrando uma das pernas e a orelha esquerda.

Um instante depois, o Tigre abaixou-se e lançou o imenso corpo pelo ar com agilidade e sem resistência, como uma bola de canhão. A fera atingiu em cheio o ombro de Jim, fazendo com que o desnorteado cavalo de charrete rolasse repetidas vezes, em meio aos gritos de satisfação dos espectadores, horrorizados com o ato grosseiro cometido pelo animal.

Quando Jim voltou a si e sentou-se sobre as patas traseiras, viu que estava cercado pelo Leão Covarde e pelo Tigre Faminto, que tinham os olhos brilhando como bolas de fogo.

— Eu peço perdão — falou Jim, com voz fraca. — Eu sei que errei em escoicear o Cavalete de Madeira e sinto muito por ter ficado furioso com ele. Ele venceu a corrida de forma justa, mas o que um cavalo de carne pode fazer contra uma besta de madeira que não se cansa?

Ouvindo aquele pedido de desculpas, o Tigre e o Leão pararam de balançar os rabos e recuaram com passos dignos para o lado da Princesa.

— Ninguém deve machucar um dos nossos amigos em nossa presença — rosnou o Leão.

Zeb correu até Jim e sussurrou que, se o animal não controlasse o temperamento no futuro, provavelmente seria feito em pedaços.

Então, o Homem de Lata cortou um pedaço forte e reto de uma árvore com o seu machado brilhante, e fez uma perna e uma orelha novas para o Cavalete de Madeira. Quando as duas partes foram presas com firmeza de volta no lugar, a Princesa Ozma tirou a coroa da própria cabeça e colocou-a na cabeça do vencedor, dizendo:

– Meu amigo, eu o recompenso por sua agilidade ao proclamá-lo Príncipe dos Cavalos, não importa se de madeira ou de carne; e de agora em diante, pelo menos na Terra de Oz, todos os outros cavalos devem ser considerados imitações, e você, o verdadeiro campeão da sua raça.

Houve mais aplausos, e depois Ozma colocou novamente sobre o Cavalo de Madeira e sua sela coberta de joias e cavalgou sobre o vitorioso de volta para a cidade, encabeçando a grande procissão.

– Eu deveria ser uma criatura mágica – resmungou Jim, enquanto puxava vagarosamente a carruagem para o palácio. – Ser um cavalo comum em um país de fadas é o mesmo que não valer nada. Aqui não é o nosso lugar, Zeb.

– Mas tivemos sorte em vir para cá – disse o menino. Jim pensou na caverna escura e concordou com ele.

18. O JULGAMENTO DE EUREKA, A GATINHA

As festividades duraram por vários dias, com muita alegria e diversão, porque esses velhos amigos não se encontravam com frequência e havia muito para contar, muitos assuntos para colocar em dia e muitas maravilhas para desfrutar naquele país encantador.

Ozma estava feliz em ter Dorothy por perto, porque ali quase não havia meninas da sua idade com quem uma Princesa pudesse fazer amizade e, frequentemente, a jovem governante de Oz se sentia muito sozinha.

Era a terceira manhã desde a chegada de Dorothy; e ela estava sentada com Ozma e os seus amigos na sala de visitas conversando sobre os velhos tempos, quando a Princesa falou para a criada:

— Por favor, Jellia, vá até o meu quarto de vestir e pegue o meu leitãozinho branco, que deixei na minha penteadeira. Eu quero brincar com ele.

Jellia saiu imediatamente para atender ao seu pedido e demorou tanto que eles quase esqueceram o que ela tinha ido fazer, quando a moça vestida de verde voltou com uma expressão aflita.

— O leitãozinho não está lá, Vossa Alteza!

— Não está lá? — perguntou Ozma. — Você tem certeza?

— Eu procurei pelo quarto inteiro — respondeu a criada.

— A porta não estava fechada? — perguntou a Princesa.

— Sim, Vossa Alteza, eu tenho certeza de que estava. Quando eu abri, a gatinha branca de Dorothy rastejou para fora e subiu as escadas correndo.

Dorothy e o mágico entreolharam-se alarmados, pois sabiam que Eureka desejava há muito tempo comer um dos leitõezinhos. A garotinha se levantou em um sobressalto.

— Vem, Ozma — disse, séria. — Vamos procurá-lo.

Então, as duas foram até o quarto de vestir da Princesa e procuraram cuidadosamente em cada cantinho, entre os vasos, cestas e enfeites que estavam no belo quarto. No entanto, não encontraram um único vestígio da criaturinha que procuravam.

Naquele momento, Dorothy estava quase chorando, e Ozma estava furiosa e indignada. Quando elas voltaram para onde os outros estavam, a Princesa disse:

– Tudo indica que o meu lindo leitãozinho foi comido por aquela gatinha monstruosa! Se isso for verdade, a agressora deverá ser punida.

– Eu não acredito que Eureka faria algo tão horrível! – Dorothy chorou, muito angustiada. – Jellia, por favor, pegue a minha gatinha, vamos ouvir o que ela tem a dizer sobre isso.

A moça de verde saiu apressada, mas voltou logo e disse:

– A gatinha não virá. Ela ameaçou arrancar os meus olhos se eu tocasse nela.

– Onde ela está? – perguntou Dorothy.

– Embaixo da cama, no quarto dela. – respondeu Jellia.

Então, a menina correu para o quarto de Eureka e a encontrou embaixo da cama.

– Vem cá, Eureka! – pediu.

— Eu não vou — respondeu a gatinha, com grosseria.

— Ah, Eureka! Por que você é tão malcriada?

A gatinha não respondeu.

— Se você não vier até aqui agora mesmo — continuou Dorothy, irritada —, eu vou colocar o meu cinto mágico e desejar que você esteja no país das "gorgolas".

— Por que você quer que eu vá até aí? — perguntou Eureka, assustada com a ameaça.

— Você precisa se apresentar à Princesa Ozma. Ela quer falar com você.

— Está bem — respondeu a gatinha, rastejando para fora. — Eu não tenho medo de Ozma... nem de ninguém.

Dorothy levou-a nos braços para onde os outros estavam e sentou-se em silêncio, aflita, tentando organizar os próprios pensamentos.

— Conte-me, Eureka: você comeu o meu lindo leitãozinho? — perguntou a Princesa, gentilmente.

— Eu não vou responder a uma pergunta tão tola — afirmou Eureka, com um rosnado.

— Ah, sim, você vai, querida! — declarou Dorothy. — O leitãozinho desapareceu, e você fugiu do quarto quando Jellia abriu a porta. Então, Eureka, se você for inocente, precisa dizer o que estava fazendo no quarto da Princesa e o que aconteceu com o leitãozinho.

— Quem está me acusando? — perguntou a gatinha, desafiadora.

— Ninguém — respondeu Ozma. — As suas ações por si só já condenam você. O fato é que eu deixei o meu animalzinho no meu quarto de vestir, dormindo sobre a mesa, e você deve ter entrado sem que eu visse. Quando a porta se abriu, você fugiu e se escondeu... e o leitãozinho desapareceu.

— Isso não é da minha conta — rosnou a gatinha.

— Não seja insolente, Eureka! — aconselhou Dorothy.

— Você é quem é insolente, por me acusar de cometer um crime quando não consegue provar nada, apenas insinuar.

Naquele momento, Ozma ficou profundamente irritada com o comportamento da gatinha. Ela convocou o capitão-general e, quando o oficial comprido e magro apareceu, disse:

— Leve esta gata para a prisão e a mantenha em confinamente até que seja julgada pela lei, pelo crime de assassinato.

Então, o capitão-general tirou Eureka dos braços de Dorothy, que estava chorando; e, apesar dos rosnados e arranhões da gata, levou-a para a prisão.

— O que devemos fazer agora? — perguntou o Espantalho, com um suspiro, uma vez que aquele crime havia lançado uma aura de tristeza sobre todos.

— Eu vou convocar a corte para comparecer à Sala do Trono às três horas — respondeu Ozma. — Eu mesma serei a juíza, e a gatinha terá um julgamento justo.

— O que vai acontecer se ela for declarada culpada? — Dorothy quis saber.

— Ela morre — respondeu a Princesa.

— Sete vezes? — questionou o Espantalho.

— Quantas vezes forem necessárias. Eu vou pedir ao Homem de Lata para defender a acusada porque o coração dele é muito bom, e tenho certeza de que ele fará o melhor para salvá-la. Woggle-Bug será o promotor público; por ser tão instruído, ninguém poderá enganá-lo.

— Quem fará parte do júri? — indagou o Homem de Lata.

— O júri deve ser formado por vários animais, porque eles entendem melhor uns aos outros do que nós. Por isso, os membros do júri serão: o Leão Covarde; o Tigre Faminto; Jim, o cavalo de charrete; Billina, a galinha amarela; o Espantalho; o Mágico; Tik-tok, o homem-máquina; o Cavalete de Madeira e Zeb, do Rancho Hugson. Isso completa os nove membros, como a lei exige, e todo o meu povo está autorizado a presenciar o julgamento.

Todos seguiram caminhos separados para se preparem para o triste julgamento; uma vez que, sempre que se apela para a lei, é quase certeza de que haverá tristeza, até mesmo em uma terra de fadas como Oz. Contudo, deve ficar registrado que as pessoas dessa terra geralmente são tão bem-comportadas que não existe um único advogado entre eles, e fazia muitos anos que um governante não julgava um transgressor da lei. O crime de homicídio, sendo o mais terrível de todos, provocou um enorme alvoroço na Cidade das Esmeraldas quando a notícia da prisão de Eureka e do seu julgamento foi divulgada.

Quando o Mágico voltou para o próprio quarto, estava completamente perdido em pensamentos. Ele tinha certeza de que Eureka havia comido o leitãozinho; mas se deu conta de que não podiam esperar que uma gatinha agisse certo o tempo inteiro, dado que é da natureza dela matar pequenos animais e até passarinhos para comer, e que o gato doméstico que temos em nossas casas hoje em dia descende de gatos selvagens da floresta, uma criatura realmente muito feroz.

O Mágico sabia que, se considerassem a gatinha de Dorothy culpada e a condenassem à morte, a garotinha ficaria arrasada. Por isso, apesar de lamentar o triste destino do leitãozinho tanto quanto de qualquer um deles, ele decidiu salvar a vida de Eureka.

Mandou chamar o Homem de Lata e, quando este chegou, o Mágico o puxou para um canto e sussurrou:

— Meu amigo, é o seu dever defender a gatinha branca e tentar salvá-la, mas receio que você falhará; porque, pelo que sei, Eureka desejava comer um leitãozinho havia muito tempo e, na minha opinião, ela não conseguiu resistir à tentação. Além disso, a desgraça e a morte dela não trariam o leitãozinho de volta, apenas deixariam Dorothy infeliz. Por isso, eu pretendo provar a inocência da gatinha através de um truque.

Ele tirou de dentro do bolso interno um dos oito leitõezinhos que restavam e continuou:

— Você precisa escondê-lo em um lugar seguro e, se o júri decidir que Eureka é culpada, você deverá apresentar este leitãozinho e alegar que ele é o que estava perdido. Todos os leitõezinhos são idênticos, por isso ninguém pode contestar o que você alegar.

Essa artimanha salvará a vida de Eureka e, assim, todos nós seremos felizes de novo.

— Não gosto de enganar os meus amigos — respondeu o Homem de Lata —, mas o meu bom coração deseja salvar a vida de Eureka, e eu costumo confiar no meu coração para fazer a coisa certa. Por isso, vou fazer o que você diz, meu amigo Mágico.

Depois de pensar um pouco, o Homem de Lata escondeu o leitãozinho dentro do chapéu em formato de funil, colocando-o de volta sobre a cabeça em seguida e voltando para o seu quarto, para pensar no seu discurso para o júri.

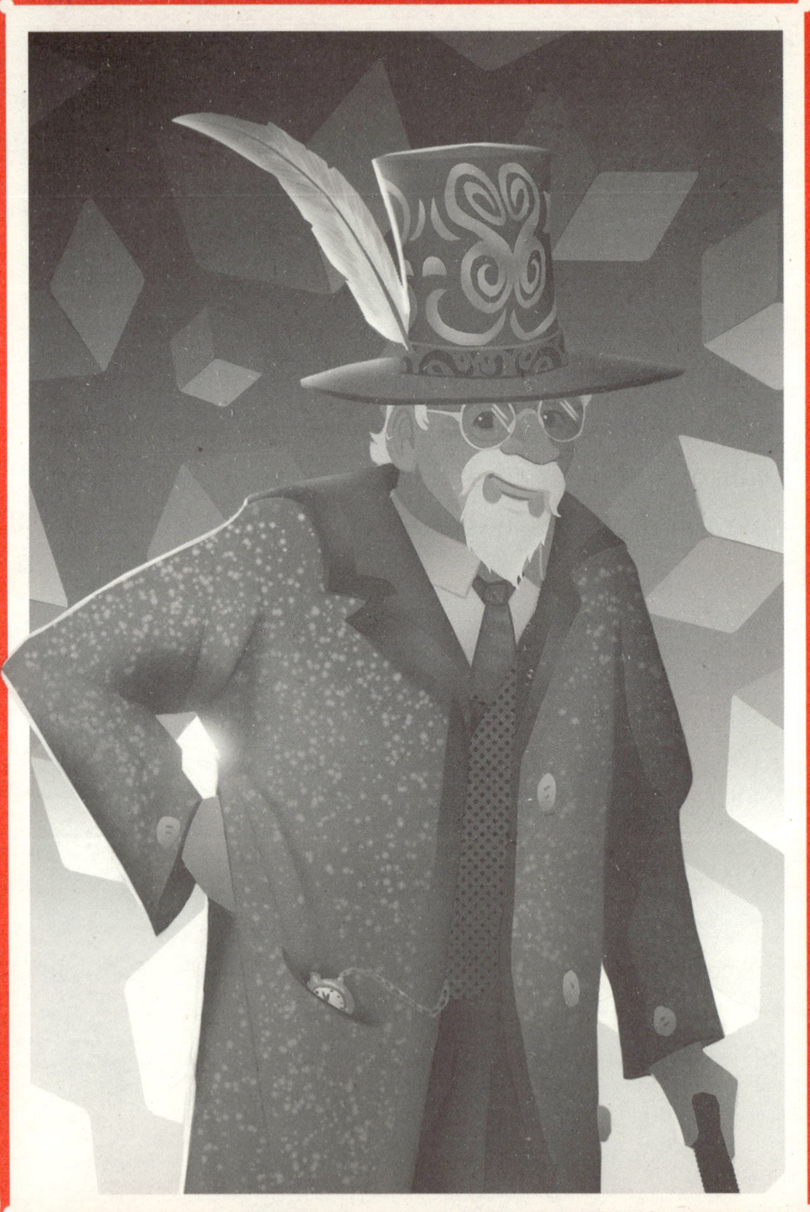

19.
O MÁGICO APRESENTA OUTRO TRUQUE

À s três da tarde, a Sala do Trono estava lotada com os cidadãos, homens, mulheres e crianças, todos ansiosos para testemunhar o grande julgamento.

A Princesa Ozma usava o vestido mais extraordinário que tinha, compatível com a sua posição. A coroa cintilava sobre a sua testa clara, e estava sentada no magnífico trono de esmeralda, segurando o cetro cravejado de joias. Atrás do trono, estavam os vinte e oito oficiais do exército, além de muitos oficiais da casa real. À sua direita, estava sentada a estranha variedade de jurados, entre animais, bobos inertes e pessoas, todos sérios e preparados para ouvir o que seria dito. A gatinha foi colocada dentro de uma grande jaula, de frente para o trono, sentando-se sobre os quadris e olhando através das barras para a multidão à sua volta, com aparente despreocupação.

Ao sinal de Ozma, Woggle-Bug levantou-se e dirigiu-se aos membros do júri. O seu tom de voz era pomposo, e ele desfilava para cima e para baixo em uma tentativa absurda de parecer digno.

— Vossa Alteza Real, companheiros cidadãos e companheiras cidadãs – começou. — A pequena gata que vocês veem como prisioneira hoje está sendo acusada de cometer o crime de primeiro matar, e depois comer, o estimado leitãozinho gordo da nossa amada governante — ou seria primeiro comer, e depois matar? Qualquer que tenha sido a ordem, foi cometido um grave crime, que também merece uma grave punição.

— Você está sugerindo que a minha gatinha deve ser *gravemente* condenada à morte? — Dorothy quis saber.

— Não interrompa, garotinha — disse Woggle-Bug. — Quando eu faço uma boa organização dos meus pensamentos, eu não gosto que ninguém me atrapalhe.

– Se os seus pensamentos fossem bons, eles não seriam confusos – comentou o Espantalho, sério. – Os meus pensamentos são sempre...

– Este julgamento trata de pensamentos ou de gatinhas? – perguntou o Woggle-Bug.

– Este julgamento trata de provar o que uma gatinha fez ou não – respondeu o Espantalho. – Mas o seu jeito de falar está sendo uma provação para todos nós.

– Deixem o promotor público continuar – falou Ozma, do seu trono. – Eu peço que não o interrompam.

– A criminosa que agora está sentada diante da corte, lambendo as patas ilegalmente, desejou por muito tempo comer um leitãozinho gordo que não era maior que um rato – continuou Woggle-Bug. – Finalmente, ela bolou um plano perverso para satisfazer o seu apetite cruel por carne de porco. Eu posso visualizá-la fazendo isso, com o olho da minha mente...

– O que é isso? – perguntou o Espantalho.

– Eu disse que posso visualizá-la fazendo isso, com o olho da minha mente...

– Mas mente não tem olho – declarou o Espantalho. – É cega.

— Vossa Alteza, eu tenho ou não tenho um olho da mente? – gritou Woggle-Bug, apelando para Ozma.

— Se você tem, é invisível – disse a Princesa.

— É verdade – continuou Woggle-Bug, fazendo uma reverência. – Eu disse que posso visualizar com o olho da minha mente a criminosa rastejando sorrateiramente para dentro do quarto da nossa Ozma e escondendo-se, enquanto ninguém estava olhando, até a Princesa sair e fechar a porta. Então, a assassina ficou sozinha com a sua vítima indefesa, o leitãozinho gordo, e eu a vejo lançar-se sobre a criatura inocente e comê-la...

— Você ainda está vendo com o olho da sua mente? – perguntou o Espantalho.

— É claro, de que outro jeito eu poderia ver isso? E nós sabemos que é tudo verdade porque, desde o início do interrogatório, nenhum leitãozinho foi encontrado em lugar algum.

— Eu acredito que, se a gata tivesse desaparecido no lugar do leitãozinho, o olho da sua mente teria visto o leitãozinho comendo a gata – declarou o Espantalho.

— Muito provavelmente – reconheceu Woggle--Bug. – E agora, cidadãos amigos, cidadãs amigas e membros do júri, eu recomendo que um crime tão horrível seja punido com a morte e, no caso da feroz criminosa diante de vocês, que está agora lavando a cara, a penalidade deve ser infligida sete vezes.

O acusador foi muito aplaudido quando terminou de falar e se sentou. Então a Princesa falou, com uma voz séria:

— Acusada, o que você tem a dizer em sua defesa? Você é inocente ou culpada?

— Ora, você é quem tem que descobrir — respondeu Eureka. — Se você conseguir provar que eu sou culpada, eu aceito morrer sete vezes; mas um olho da mente não é prova, porque Woggle-Bug não tem mente para ver isso.

— Pare com isso, querida — pediu Dorothy.

Então, o Homem de Lata levantou-se e disse:

— Respeitados jurados, e querida e amada Ozma, eu peço para que não sejam implacáveis ao julgar esta acusada felina. Eu não acho que a inocente gatinha seja culpada, e certamente é cruel dizer que uma refeição é assassinato. Eureka é o doce animalzinho de estimação de uma garotinha adorável que todos nós admiramos, e que tem como principais virtudes a gentileza e a inocência. Observem os olhinhos inteligentes da gatinha! — neste momento, Eureka fechou os olhos, com sono. — Vejam o seu rosto sorridente!

— neste momento, Eureka rosnava e mostrava os seus dentes. — Observem como é meiga a posição das suas patinhas macias e felpudas! — neste momento, Eureka colocou as garras afiadas para fora e arranhou as barras da jaula. — Um animal tão gentil seria culpado de comer uma criatura amiga? Não, mil vezes, não!

— Ah, pare com isso! – disse Eureka. – Você já falou demais.

— Eu estou tentando defender você – queixou-se o Homem de Lata.

— Então, fale algo que faça sentido – retrucou a gatinha. – Fale para eles que seria tolice minha comer o leitãozinho, porque eu tenho noção o bastante para saber que, se eu fizesse isso, eu teria problemas. Mas não tente me fazer parecer inocente demais para comer um leitãozinho gordo, pois eu faria isso mesmo se não pudesse ser descoberta. Acho que o gosto seria muito bom.

— Talvez seja verdade para aqueles que comem – comentou o Homem de Lata. – Como eu não fui construído para comer, não tenho experiência pessoal nesse assunto. Porém, eu lembro que o nosso grande poeta disse uma vez:

"O COMER É DOCE
QUANDO A FOME SURGE
EXIGE AGRADO

De comer salgado."

— Levem isso em consideração, amigos do júri, e vocês deduzirão facilmente que a gatinha está sendo injustamente acusada e deve ser posta em liberdade.

Quando o Homem de Lata terminou a sua defesa e se sentou, ninguém o aplaudiu; pois os seus argumentos não foram muito convincentes, e poucos acreditaram que ele tivesse provado a inocência de Eureka. Os membros do júri sussurraram entre si por alguns minutos, e então apontaram o Tigre Faminto como o relator da decisão. A imensa fera levantou-se devagar e disse:

— Gatinhos não têm consciência, por isso eles comem qualquer coisa que tiverem vontade. Os membros do júri acreditam que a gatinha branca conhecida como Eureka é culpada de ter comido o leitãozinho que pertencia à Princesa Ozma, e recomendam que ela seja punida com a morte por seu crime.

A decisão do júri foi recebida com grande aplauso, apesar de Dorothy estar soluçando, completamente arrasada, por causa do destino da sua gatinha. A Princesa estava prestes a ordenar que cortassem a cabeça de Eureka com o machado do Homem de

Lata, quando ele mesmo se levantou mais uma vez e dirigiu-se a Ozma.

— Vossa Alteza, veja como é fácil um júri ser enganado. A gatinha não poderia ter comido o seu leitãozinho... porque ele está aqui!

O Homem de Lata tirou o chapéu em forma de funil da cabeça e revelou um leitãozinho branco, que ele segurou no alto para que todos pudessem ver bem.

Ozma ficou muito feliz e exclamou com entusiasmo:

— Entregue-me o meu animalzinho, Nick Chopper!

Todos aclamaram e aplaudiram, alegrando-se com o fato de a prisioneira ter escapado da morte e ter sido provada a sua inocência.

Enquanto segurava o leitãozinho branco e acariciava a cabeça macia dele, a Princesa disse:

— Deixem Eureka sair da jaula, porque ela não é mais uma prisioneira, mas nossa boa amiga. Onde você achou o meu animalzinho perdido, Nick Chopper?

— Em um cômodo do palácio — respondeu ele.

— Justiça é uma coisa perigosa de se mexer — comentou o Espantalho, com um suspiro. — Se você não tivesse encontrado o leitãozinho, Eureka certamente teria sido executada.

— Mas a justiça prevaleceu, no fim – disse Ozma. – O meu animalzinho está aqui, e Eureka está livre mais uma vez.

— Eu me recuso a ser posta em liberdade! – gritou a gatinha com uma voz aguda. – A menos que o Mágico possa fazer o seu truque com oito leitõezinhos. Se ele apresentar apenas sete, então este não é o leitãozinho que estava perdido, mas um dos outros.

— Shhhhh, Eureka! – alertou o Mágico.

— Não seja tola – aconselhou o Homem-de-Lata. – Você pode se arrepender disso.

— O leitãozinho que pertencia à Princesa usava um colar de esmeraldas – disse Eureka alto o suficiente para todos ouvirem.

— Isso é verdade! – exclamou Ozma. – Este não pode ser o leitãozinho que o Mágico me deu.

— É claro que não, ele tinha nove leitõezinhos ao todo – declarou Eureka. – E eu devo dizer que ele foi muito mesquinho por não me deixar comer alguns. Mas, agora que este julgamento bobo acabou, eu vou dizer o que realmente aconteceu com o seu leitãozinho.

Diante daquilo, todos na Sala do Trono ficaram

subitamente em silêncio, e a gatinha continuou, com um tom de voz calmo e zombeteiro:

— Eu vou confessar que pretendia comer o porquinho no café da manhã; por isso, enquanto a Princesa se vestia, eu rastejei para dentro do quarto e me escondi embaixo de uma cadeira. Quando Ozma saiu, fechou a porta e deixou o animalzinho em cima da mesa, imediatamente eu pulei e falei que ele não fizesse barulho, porque ele estaria na minha barriga em um piscar de olhos. Mas ninguém pode ensinar uma criatura dessa a ser razoável. Em vez de ficar parado para que eu pudesse comê-lo tranquila, ele tremia tanto de medo que caiu da mesa, e foi parar dentro de um grande vaso no chão. O vaso tem uma abertura larga como uma tigela, mas depois o gargalo fica estreito. O leitãozinho ficou preso na abertura do vaso, e eu pensei que, depois de tudo aquilo, deveria pegá-lo; mas ele se contorceu pelo buraco até cair lá no fundo... e eu acho que o leitãozinho ainda está lá.

Todos estavam em choque com aquela confissão, e Ozma mandou um oficial imediatamente pegar o vaso em seu quarto de vestir. Quando o homem voltou, a Princesa olhou para dentro do grande vaso e encontrou o seu leitãozinho perdido, do jeito como Eureka disse que encontraria.

Não havia como tirar o animalzinho sem quebrar o vaso, por isso o Homem de Lata usou o machado para quebrá-lo e libertar o pequeno prisioneiro.

Logo, a multidão aplaudiu e comemorou com vontade o desfecho. Dorothy abraçou a gatinha e lhe disse o quanto estava feliz por ela ser inocente.

— Mas por que você não contou isso no começo? — perguntou a menina.

— Porque isso teria estragado a diversão — respondeu a gatinha, bocejando.

Ozma devolveu ao Mágico o leitãozinho que ele tão gentilmente cedera a Nick Chopper para substituir o que estava desaparecido, e depois levou o seu animalzinho para o quarto no palácio. Após o término do julgamento, os bons cidadãos da Cidade das Esmeraldas foram embora para as suas casas, muito satisfeitos com o entretenimento do dia.

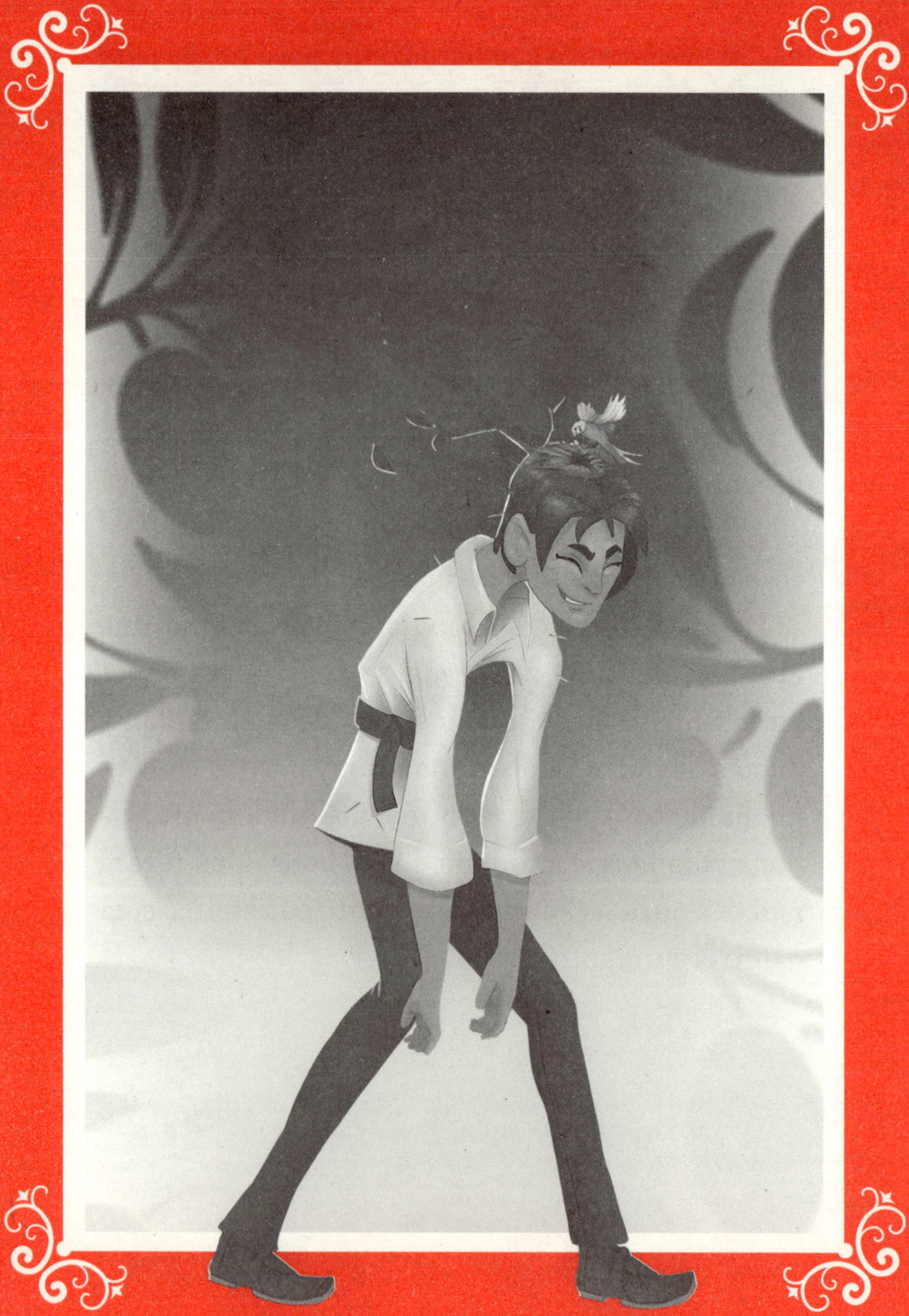

20.
Zeb volta para o rancho

Eureka estava muito surpresa por ter caído em desonra, mesmo não tendo comido o leitãozinho; porque os cidadãos de Oz agora sabiam que a gatinha havia tentado cometer o crime, e só não conseguiu por causa de um acidente. Portanto nem mesmo o Tigre Faminto queria ter contato com ela. Além de ter sido proibida de andar pelo palácio, foi obrigada a permanecer confinada no quarto de Dorothy. Assim, Eureka começou a implorar para a sua tutora que a levasse embora para algum outro lugar onde pudesse se divertir. Dorothy também estava ansiosa para voltar para casa, por isso prometeu a Eureka que não ficariam na Terra de Oz por muito mais tempo.

Na noite seguinte ao julgamento, a garotinha pediu permissão a Ozma para ver o quadro encantado, pedido que foi prontamente concedido pela Princesa. Ela levou Dorothy para o quarto real e disse:

— Faça o seu pedido, querida, e o quadro mostrará o cenário que você deseja ver.

Então, Dorothy descobriu, com a ajuda do quadro encantado, que o tio Henry tinha voltado para a fazenda no Kansas; e tanto ele como a tia Em estavam desolados porque pensavam que a pequena sobrinha tivesse morrido durante o terremoto.

— Realmente, eu preciso voltar para casa, para a minha família, o mais rápido possível – disse a menina, ansiosa.

Zeb também quis ver a sua casa e, apesar de não ter visto ninguém sofrendo por ele, a visão do Rancho Hugson no quadro despertou-lhe o desejo de voltar para casa.

— Este é um bom país, e eu gosto de todos que vivem aqui – comentou ele com Dorothy. – Mas Jim e eu não nos encaixamos em uma terra de fadas, e o velho cavalo está sempre implorando para voltar para casa desde que perdeu a corrida. Por isso, se você conseguir encontrar uma forma de nos levar para lá, ficaríamos muito gratos.

— Ozma pode facilmente fazer isso — respondeu Dorothy. — Amanhã de manhã, eu vou para o Kansas, e vocês para a Califórnia.

Aquela última noite foi tão maravilhosa que o menino jamais a esqueceria. Todos estavam juntos (menos Eureka) nos belos aposentos da Princesa e o Mágico apresentou alguns truques novos, o Espantalho contou histórias, o Homem de Lata cantou uma canção de amor com uma voz sonora e metálica, e todos riram e se divertiram.

Depois, Dorothy deu corda em Tik-tok, que fez uma apresentação de dança tradicional rápida e alegre, com muitos pequenos pulos, para divertir a todos; em seguida, Billina, a galinha amarela, contou algumas das suas aventuras com o Rei Nome na Terra de Ev.

A Princesa mandou servirem comidas deliciosas para aqueles que tinham o hábito de comer; e, quando chegou a hora de Dorothy dormir, cada um seguiu seu caminho, despedindo-se com muito carinho.

Na manhã seguinte, todos se juntaram para a despedida definitiva, e muitos oficiais e cortesãos vieram presenciar as emocionantes cerimônias. Carregando Eureka nos braços, Dorothy despediu-se carinhosamente dos amigos.

— Você precisa voltar algum dia — disse o pequeno Mágico, e a menina prometeu que voltaria, assim que possível.

— Mas o tio Henry e a tia Em precisam de mim para ajudá-los. Por isso, eu não posso ficar muito tempo longe da fazenda no Kansas — acrescentou ela.

Ozma estava usando o cinto mágico e, depois de dar um beijo de despedida na bochecha de Dorothy, fez o pedido; e a garotinha e a gatinha desapareceram em um piscar de olhos.

— Onde ela está? — perguntou Zeb, muito surpreso com o desaparecimento repentino.

— Cumprimentando os tios no Kansas, a esta hora — respondeu Ozma, com um sorriso.

Então, Zeb trouxe Jim, já com o arreio e preso à carruagem. O menino subiu nele e sentou-se.

— Eu sou muito grato por toda a bondade com a qual vocês me trataram — disse o menino. — E sou muito grato por Vossa Alteza salvar as nossas vidas e nos enviar para casa, depois de termos nos divertido tanto. Eu acho que este é o país mais maravilhoso no mundo; mas, como Jim e eu não somos criaturas mágicas, sinto que devemos estar aonde pertencemos, que é o rancho. Adeus a todos!

Ele teve um pequeno sobressalto e esfregou os olhos. Jim estava trotando ao longo da velha e conhecida estrada e balançava as orelhas e o rabo com um movimento satisfeito. Logo à frente deles, estava o portão do Rancho Hugson. O tio Hugson tinha acabado de sair, e ficou em pé com a boca e os braços abertos, olhando incrédulo.

— Meu bom Deus! É o Zeb... e o Jim também! – exclamou ele. – Por onde é que você esteve, meu rapaz?

— Ora, por aí, tio – respondeu Zeb, dando uma risada.

amo ler

1ª Edição
Fonte: Century Schoolbook